가장
사소한
구원

70대 노교수와
30대 청춘이
주고받은
서른두 통의
편지

가장
사소한
구원

라종일
김현진
지음

◇◇◇◇◇◇

내 남자 친구를 소개합니다

◇◇◇◇◇◇

남들 보기에 멀쩡한 남자 친구를 별로 사귀어보지 못한 것은 나의 오랜 콤플렉스다. 남자인 친구도 거의 없고, 연애는 실패만 거듭했다. 사랑해선 안 될 사람을 사랑해선 안 될 방법으로 사랑한 까닭이었다. 나역시, 남에게 사랑을 줄 만한 사람이 못 되었다. 아귀처럼 끝없이 받기만 원하는 사람을 어느 누가 감당할 수 있겠는가. 그런 좋지 못한 성정과 운이 따라주지 않은 환경과 중독적으로 소비한 알코올이 합쳐져 나는 누구도 탓할 수 없이 제 손으로 평탄치 못한 삶을 만들어왔다. 게다가 최근 1~2년간은 흉사가 겹쳤다. 폭력을 동반한 이별, 가장 사랑했던 친구의 끔찍한 사고사, 실직…. 이따위 일들이 숨 가쁘게 일어나면서 나는 원래도 별로 괜찮은 상태가 아닌 주제에 더욱 신속히 망가져갔다. 마음을 의탁할 만한 종교도 없었고 몇 안 되는 친구들에게 언제까지 하소연을 늘어놓을 수도 없는 상황이었다. 마음에 깊이 베인 자상은 끊임없이 피를 흘렸다. 바닥에 질질 흘리고 다니는 그 피가 발바닥을 적시면 너무 미끄러워서 나는 자꾸만 넘어졌다. 피 묻은 발자국을 돌아보면서 나는 생각했다. 다시 일어설 수 있을까.

지인이 많지 않아 마음을 터놓은 몇 사람에게만 사정을 말했는데 오랫동안 꺼놓았던 전화기 너머 들려오는 라종일 선생님의 목소리는 내가 기꺼이 그 고통을 쏟아놓게 되는 몇 안 되는 음성이었다. 구차하고 기나긴 사정을 다 듣고 난 선생님은 세 가지를 이야기하셨다. 첫째, 이제 아무 걱정 하지 마라. 둘째, 나는 네 편이다. 셋째, 글 쓰는 사람은 원래 어느 정도 불행해야 한다. 당신도 그것을 알지 않느냐?

"이제 아무 걱정 하지 마라"라는 아무 대책 없는 말에 어쩐지 걱정이 조금 날아갔다. 평소 지혜로우면서도 시대를 앞서 내다보는 감각을 지녔다고 여기며 존경하던 분, 나보다 거의 반세기를 더 살아온 분인 만큼 뭘 알고 하시는 말이지 싶었다. 덕분에 고통이 조금씩 녹으면서 매일 자살을 생각했던 절망이 서서히 사그라들었지만 그 속도가 너무 느렸다. 빨리 등 뒤에 유령처럼 달라붙어 있는 좌절을 내던져버리고 내 삶을 살고 싶었다. 세상 그 어떤 흉사든 나 혼자 겪는 일이 아니라는 것을 알고 있었다. 그러나 이 시대의 멘토라는 사람들은 얼마나 뻔한 이야기만 하는지. 그래서 나는 라 선생님께 매달리게 된 것이다. 장난스럽게 "선생님, 저랑 연애편지 주고받아요" 하고 버릇없는 농을 지껄였지만, 속마음은 아주 이기적인 동기였다. 그리스도가 피 흘리는 여인에게 "네가 낫고자 하느냐?"라고 물은 것처럼, 나는 너무나 절실하게 낫고 싶었다.

궁지에 몰린 쥐가 도망칠 틈새를 찾아내듯이, 나는 내가 할 수 있는 가장 사소한 구원에 매달렸다. 그것이 선생님과의 서신 교환이었다. 뒤에 나오는 이야기지만, 선생님은 고통을 활자로 옮기라며 단호하게 이야기하셨다. "이야기된 고통은 더이상 고통이 아니다. 당신이 그 고통들을 글로 쓸 수 있을 때 당신은 비로소 낫게 될 것이다."

그래서 나는 그 진실을 알려준 사람을 하소연과 자기비하, 좌절로 가득한 편지의 수신자로 감히 택했던 것이다. 택했다기보다는 매달렸다는 표현이 맞겠다. 선생님은 몇 번이나 이 기록들을 책으로 묶어내는 것을 망설이셨다. 그럼에도 부끄러움이 충만한 이 기록들을 세상에 내놓는 것은 선생님의 답장들을 나 혼자 읽기가 너무 아까웠기 때문이다. 봄부터 겨울까지, 아픔을 가감 없이 토해내면서 과연 나는 차차 나아져갔다. 내가 겪은 아픔들은 누구라도 한 번쯤 지나치게 되는 보편적인 것에 불과하지만, 선생님의 답신들은 흔히 접하기 어려운 혜안과 어렵지 않은 스마트함을 동시에 지닌 것들이었다. 내가 겪었던 구체적인 사건들이 무엇인지는 여기에 자세히 적지 않겠다. 당신은 당신의 고통을 대입하기만 하면 어찌 되었든 옳은 방정식이 될 것이다. 다만 누구에게는 살면서 한 번쯤 겪을 만한 일이고, 또 누구에게는 살면서 단 한 번도 겪을 리 없는 것들이라는 정도만 말해두겠다. 이런 우울한 이야기에 답해주시는 선생님의 말이 엄중하면서도 상냥하고 따뜻했던 것은 물론이다. 그 문장들이 얼마나 위안이 되었는지 아무도 모를 것이다. 한창 성장통을 겪고 있는 청춘들, 그리고 어른의 세계에 부딪혀 피를 흘리고 있는 나 같은 늙은 청춘들에게 이 사람, '내 남자 친구' 라종일 선생님의 글을 권하고 싶다. 나 혼자만 살짝 간직하고 싶은 편지들을 아픈 당신에게만 특별히 보여주려 한다. 그러면 당신도 이것이 나 홀로만의 것이 아님을 금세 알게 될 것이다.

그리고, 살짝 궁금하지 않은가? 쭉 엘리트 코스를 거쳐온 탁월한 정치인, 행정가, 교육자이며 6개 국어를 구사하는 외교가에 대학 총장까지 지낸 석좌교수와, 몇 권의 안 팔리는 책을 내고 삼십 대 초반인데도 여태껏 진로를 고민하고 있는, 성격도 별로 좋지 않고 가끔 한국말도 제대로 못하는 날백수, 겹치는 데라곤 전혀 없는 두 사람이 네 계절 동안 서른두 통이나 되는 편지를 주고받으며 대체 무슨 이야기를 했을지.

그렇다, 이것은 사랑 이야기다. 레프 톨스토이가 "사람은 무엇으로 사는가" 하고 물었던 그런 사랑. 내 남자 친구와의 은밀한 연서를 빌려 드릴 테니, 지금 아픈 당신도 그 사랑을 맛보길 바란다.

그러면 여러분, 내 남자 친구를 소개합니다.

2014년 12월

김현진

차례_

꽃 지는 날 그대를 그리워하네

선.생.님.께

　지난번 뵌 이후로 어쩐지 '꽃 지는 날 그대를 그리워하네'라는, 어디선가 읽은 구절이 떠올랐습니다. 꽃이 져도, 꽃이 피어도 선생님께서는 특유의 안온한 표정을 잃지 않으실 것만 같아 그런가 봅니다. 세상만사 삼라만상이 무서운 일은 없고 모두 우스운 일뿐이라는 말씀이 마음속에 깊이 박혀서 그런 모양입니다.

저에게 이런 말씀을 하셨지요. "세상에 무서운 일은 없고, 우스운 일 뿐이다. 살아오면서 참되고 바르고 아름다운 기억은 그다지 생각나지 않는다. 그렇지만 누가 물어보면 나는 그냥 즐겁고 행복하다고만 말한 다." 선생님은 엷게 웃으며 이게 무슨 말인지 알겠냐고 물으셨죠. 그때 선생님의 미소가 깊은 바닷속을 담담히 흐르는 거대한 해류와 같아서 저는 한참 말을 잇지 못했습니다. 이 나이 먹고도 인생이라는 바다의 얕은 물에서 발목이나 찰랑거리며 모래나 간질이고 있는 저로서는 결 코 엄두가 나지 않는 그런 심해의 물결 말입니다.

산다는 것의 엄중함이 무엇인지 생각하니 숙연해졌습니다. 집에 돌 아오는 길에도 한참을 되뇌어보았습니다.

세상에 무서운 일은 없고, 우스운 일뿐이다.

선생님께서는 우리나라 역사의 격변기를 직접 보셨고, '킹메이커'라 할 만큼 정치판에서도 큰 역할을 하셨고, 커다란 대학의 총장도 역임하 셨지요. 그러면서 온갖 사람들이 머리 쓰며 제 이익을 좇는 광경을 무 수히 보셨을 텐데, 어떻게 하면 제 이득을 위해 눈에 불을 켠 무서운 사 람들을 우습다고 여길 수 있을까요. 아주 사소한 불행 하나도 저는 사 실 두렵습니다. 이것들을 우스운 일로 여길 수 있는 마음 자세는 과연 어떤 것에 있을까요. 저는 정말 알고 싶습니다. 아직 삼십 대 초반에 앞다투어 찾아온 반갑지 않은 일들, 이런 제 개인의 상처까지도 모두 우스운 일로 만들고 싶습니다.

아카시아 꽃이 다 져버린 날, 선생님을 생각하면서.

웃는다면, 웃을 수 있다면

현.진.에.게

현진의 편지를 받고 문득 생각나는 어휘들이 있었어요. "탈출" "탈
옥" 같은 말들이었습니다. 그보다 놀라운 것은, 이야기 중에 별생각 없
이 한 말이 그렇게 날카로운 화두로 되돌아오리라 생각하지 못했던 것
입니다. 작은 일도 예사롭게 넘기지 않는 강렬한 문제의식에 정신이 들
었습니다.

물론 세상에 엄중하게 "무서운" 일들이 없는 것은 아닙니다. 모든 일

에 웃고 지낼 수 있다는 말은 아니었어요. 그러나 다른 한편 많은 사람들이 대부분 스스로 만든 감옥에 갇혀 지내면서 슬프고 두려운 원망의 세계로 주변 사람들을 끌어들이는 것을, 그래서 함께 파멸에까지 이르는 일들을 보았습니다. 글재주가 없으니 예라도 들면서 이야기해볼게요.

평소 좋아하던 작가 두 분이 있습니다. 마해송 그리고 박완서 작가예요. 두 분은 세상을 떠나면서 아름다운 글들을 남기셨어요. 대략 이 세상에 있는 동안 주변 모든 사람들 덕택에 즐겁고 행복했다는 말씀들이었습니다. 이렇게 간단한 말씀들 이면에 어떤 사연들이 숨어 있었겠습니까?

다른 예를 들어보겠습니다. 몇 해 전 처용 이야기를 써서 외국 잡지에 기고한 일이 있습니다. 제목이 "오쟁이 진 처용 이야기Choyong, the story of a cuckold"였어요. 외국 친구들은 대부분 이 이야기를 재미있게 읽었다면서도 솔직히 이해하기는 힘들다는 반응이었습니다. 그래서 다른 이야기를 해주었습니다. 서양 사람들이 잘 아는 오셀로 이야기였습니다. 오셀로는 신통치 않은 악당이 쳐놓은 신통치 않은 함정에 빠져 엄청난 비극을 일으킵니다. 그러나 다시 생각해보면 이 '함정'은 이아고가 만들어놓은 것입니까? 아니면 사랑하는 사람에게 비열한 의심을 품을 수 있는 천격의 인물이 스스로 만든 것이겠습니까? 간통 현장을 목격하고 춤을 추고 노래를 부른, 그래서 비록 무속의 세계에서일지라도 벽사진경僻事進慶의 상징이 된 처용과는 어떻게 다릅니까?

웃는다면, 웃을 수 있나면 두면의 추구함도 사랑할 수 있습니다. 사람에 대한 사랑은 고결하고 유능한 곳에 있지 않고 누추한 곳에 있는 것이 아닌가 합니다.

감옥은 권력을 놓고 적나라한 각축을 벌이는 정치권에만 있는 것이 아닙니다. 학교, 회사, 학계, 사적인 친구 사이나 가정 내부에, 사람들이 함께 사는 모든 곳에 스스로 만든 감옥이, 그리고 그 안에 갇혀 무서워하고 무섭게 하는 사람들에게 있습니다. 때때로 그 감옥에 갇혀 스스로 목숨을 끊는 사람들도 있고요. 웃음이 수인에게 자유를 가져다줄 수 없겠습니까?

노래할 수 있다면

선.생.님.께

한 번도 오셀로를 천격의 인물이라고 생각해본 적이 없었는데, 그러고 보니 처용과 비교가 되는군요. 그가 고결한 인물이었다면 신통치 않은 악당이 쳐놓은 신통치 않은 함정에 빠지지 않고 진실을 알아볼 만한 아량이 있었을 텐데요. 오셀로라는 전쟁 영웅의 마음속에 있는 한 가닥 천격스러움이 그 순간 백 퍼센트 발휘되어 결국 순결한 아내와 자기 자신까지 파멸에 이르게 했다 생각하자, 이아고라는 간사한 자의 희생자로만 보였던 오셀로가 그야말로 '찌질한' 남자로 보이기 시작했습니다. 그에 비하면 밸도 없어 보이는 처용은 놀라운 인물이군요.

서양 기사들은 아내가 간통하고 있는 현장을 목격한다면 가차 없이 아내의 목을 벨 준비 혹은 이혼 계약서를 들이밀 준비가 되어 있어서 노래를 부르며 춤을 추었던 처용의 마음을 이해하지 못했겠지요. 지금까지 비위 좋은 남자, 아내와 정을 통한 사내와 한바탕 싸움질을 벌일 생각도 못한 간 작은 남자로만 생각했던 처용이 선생님의 말씀으로 달리 보였습니다. 자신의 억울함과 슬픔은 노래로 날려 보내면서, 오셀로와 달리 결국 그는 세 사람 중 아무도 상하게 하지 않았지요. 오셀로에게 있던 한 가닥 천격은 그를 감옥에 가두고 말았지만, 처용은 노래하면서 어떠한 감옥에도 구속되지 않고 훨훨 날아갑니다. 그래서 저는 선생님의 편지가 이렇게 들렸습니다. "노래하라!"

저번에 그런 이야기를 하셨지요. 제가 작년과 올해 사별과 갈등으로 심한 고통을 겪고 있을 때 "글로 쓰인 것들은 더이상 상처가 되지 않는다"라고요. 처용은 처연하게 노래할 수 있었던 그 순간 이미 자신의 상처를 치유하고 있었던 것 같습니다. 저도 저의 상처를 노래할 수 있다면, 글로 쓸 수 있다면, 상처에서 벌겋게 피를 흘리고 있는 지금의 상태에서 한 발자국 나아가 얇은 껍질이라도 덮을 수 있을 거라는 확신이 듭니다. 선생님 말씀대로 자신의 고통의 감옥에 갇혀 다른 사람들까지 끌어들여 피해를 주는 사람들이 너무나 많습니다.

선생님, 고백하자면 사실 제가 그 대표적인 사람입니다. 작년과 올해에 걸쳐 너무나 고통이 심해 몇 번이나 자살을 생각했고 그때마다 선생님께 SOS처럼 메시지를 보내곤 했었죠. 일일이 상대해주셔서 얼마나 감사한지요. 어차피 우리 인생에 일어난 일이라면, 감옥에 갇히지 않도록 죽어라 애쓰는 게 우리가 할 수 있는 최고의 수라는 생각이 듭니다. 감옥에 갇히지 않고 노래할 수 있다면, 노래하면서 중간 중간 쓴웃음이나마 지을 수 있다면, 거기에 구원이 있겠다는 생각이 듭니다.

제가 출석하는 교회 목사님께서 이런 말씀을 하시더군요. "믿음은 '웃음'이다"라고요. 사실 제가 겪는 고통 중에 이 세상 사람이 겪지 않은 것이 무엇이 있겠습니까. 70억 인구 중에 여자도 교육받을 수 있으며 비교적 남녀평등이 실현되어 있고 그다지 배고프지 않은 나라에 몸 성하게 태어난 저는 아주 운이 좋은 편일 겁니다.

그런데 선생님, 사실 저에게 고통을 준 것들은 모두 제가 저지른 실수들의 결과였습니다. 이건 저의 성장 과정과 관계가 있겠습니다만, 왜 영화 〈말죽거리 잔혹사〉 같은 무시무시한 고등학교를 나왔거나, 힘든 군대 생활을 한 남자들이 흔히 하는 말이 있잖아요. "하루라도 안 맞으면 불안해서 잠이 안 왔다"고요. 제 인생이 지금까지 그랬습니다.

엄격한 청교도적 철학을 가진 부모님과 자유분방한 저는 잘 어울리지 못해서 "사탄의 장자" "회칠한 무덤" "마귀새끼" 같은 욕을 예사로 주워듣곤 했습니다. 그리고 제가 얼마나 악한지, 앞으로 어떤 벌을 받게 될지에 대한 예언 아닌 예언을 듣곤 했지요. 아버지가 평범한 회사원이었다면 '흥, 자기가 뭘 안다구' 하고 넘겼을지 모르겠지만 돌아가신 아버지께서는 목사님이었기 때문에 저는 그 말들이 모두 하느님의 말씀으로 들렸습니다.

지금은 하느님과 저와의 관계를 새롭게 구축해가려고 합니다만, 마음속 낡은 상처는 아직도 조금씩 통증을 호소하며 자기가 거기 있다고 저에게 말하곤 합니다. 그래서 늘 혼나지 않으면, 매 맞지 않으면, 저주어린 말을 듣지 않으면 어딘가 찜찜했습니다. 매 맞고 혼나고 야단맞고 구겨지고 얼굴이 온통 눈물로 젖어야만 정상이라고 느꼈지요.

문제는 어른이 되어서도 그랬다는 겁니다. 뭔가 행운이 오면 '이게 잘될 리가 없어'라고 느끼고 행복하고 평안한 상태가 되면 너무너무 불안한 거예요. 이럴 리가 없는데, 이게 언제 '파삭' 하고 무너질까…. 조용히 계시던 부모님이 갑자기 폭발하며 매를 들던 것처럼 고요하고 평온한 순간들이 두려운 거예요. 그래서 폭음하며 있지 않아도 될 사고들을 수없이 자초했습니다. 한마디로 저를 행복한 상태로 놓아두는 것을 견디지 못했던 거지요. 딱히 하지 않았어도 될 연애들, 굳이 비우지 않아도 되었을 술잔들…. 그것들이 얼마나 후회스러운지요.

선생님은 완벽한 실패자의 기분을 느껴보신 적이 있나요? 외람되지만 대한민국 사람이라면 모두 선생님을 '일류' 'A급' 인생이라고 생각할 것 같습니다. 지금까지 누려오신 사회적 지위도 그렇고, 저처럼 못난 술버릇이 있는 것도 아닌 아주 스마트한 신사시죠. 그런 선생님도 실패자의 열등감을 느껴보신 적이 있는지, 제가 쓴 것처럼 평온한 행복이 두려우셨던 적이 있는지, 그랬다면 그런 것을 어떻게 극복하셨는지요. 그런 적이 없으시다면… 어떻게 하면 그런 것 없이 살 수 있을지 도움 말씀을 듣고 싶습니다.

저는 정말 행복해지고 싶어요. 다시 한 번 외람되지만, 이 나이가 되어서야 제가 겪은 고통들도 삶의 맛이구나, 이것들을 노래할 수 있을 때 내가 한 번 더 자라는 것이구나, 그리고 폭죽 터지듯 화려하고 즐거운 것이 아니라 고요하고 별일 없는 상태가 지속되는 것이야말로 행복이구나, 하는 생각이 듭니다.

선생님께서 정의하시는 행복은 무엇인지요? 우리는 어떻게 해야 그것을 손에 넣을 수 있을까요? 특히 자본주의는 모두가 같은 선상에서 출발한다고 속이잖아요. 사실 우리나라는 계급사회로 점점 나아가고 있고, 낙오자가 분명히 나올 수밖에 없는 형태로 가고 있는데, 누구나 성공할 수는 없는 것이잖아요. 그것을 받아들이고 살려면 어떻게 해야 하죠? 선생님이 정의하시는 성공은 무엇인가요?

선생님께서는 한국 사회에서 성공적인 삶을 살아오셨지만, "나를 보시오." "평생 일류로 살아왔소." "6개 국어를 한다오" 하면서 으쓱대실 분은 결코 아니시니 성공에 대한 선생님만의 성의를 가시고 게실 것 같습니다.

비가 주룩주룩 떨어지니 마음이 우울해져서 그런지 글도 길고 궁금한 점도 많습니다. 글짐을 지워드리는 것 같아 죄송합니다.
즐겁게 선생님의 편지를 기다리겠습니다.

가 는 길 험 난 해 도 웃 으 며 가 자

현.진.에.게

거의 매일 주최 측에서 독촉이 오는데도, 다음 주 중국에서 발표할 논문을 차일피일 미루고 있으면서 왜 현진의 편지에 먼저 손이 가는지 모르겠습니다. 어째서 자신의 상처를 호소하는 사람의 이야기가 이 지역의 고등 정치 문제보다 더 절실하게 느껴지는 것일까요.

이런 이야기를 읽은 일이 있어요. 프랑스 드골 대통령의 보좌관이 어느 날 대통령에게 "행복하십니까?" 하고 물었다고 합니다. 대통령은 이렇게 대답했답니다. "자네는 지금 내가 바보냐고 묻고 있는 것이네."

예전에 아테네의 현자 솔론이 가장 행복한 사람들의 리스트를 만들었는데 크로이소스 왕이 그 목록에 자기가 들어가지 못한 것에 마음이 상했대요. 왜냐하면 그 왕은 엄청난 부자였기 때문이지요. 솔론은 왕에게 이렇게 말해주었다고 합니다. "사실 나는 어떤 사람이건 죽기 전에는 행복하다고 하지 않습니다." 사람의 운명은 언제 어떻게 바뀔지 모르기 때문이라는 것입니다. 크로이소스 왕은 실제로 자기의 부는 물론 왕국까지 잃어버리는 불운을 겪었습니다. 이 문제를 다룬 《소포클레스의 비극》 마지막 장면에서 합창단은 이렇게 노래합니다. "우리는 누구이건 인생의 끝에 가서가 아니면 행복하다고 말할 수 없다."

현진의 이번 글이 긴 것은 아마도 자신의 어려움에 관한 이야기여서 그렇겠지요. 이런 이야기는 물론 너무 많이 듣고 경험한 것입니다. 그리고 현진의 눈에 내가 어떻게 보이는지, 기가 막힌다는 표현이 적절한지 모르겠지만 현실의 허상에 관해서도 웃고 넘길 수 있어요.

오랫동안 사람들은 삶이라는 것이 험하고 어렵다는 것을 알고 있었고, 이런 기본적인 인식이 사람들을 지탱해준 가장 중요한 힘이라고 생각합니다. 인생에서 경험해야 하는 쓰라림이나 환멸에 대한 가장 큰 약이 바로 삶이란 어려운 것이고 이 세상에서의 장밋빛 기대란 대부분 가

당치 않다는 단단한 마음가짐이었을 것입니다. 이런 인식이 근본적으로 변화하고 누구나 행복할 수 있고 행복해야 한다는 기대가 생긴 것은 근대에 들어와서입니다. 행복이란 이제, 적어도 그것을 '추구하는 것'은 사람의 권리로 인정됩니다. 그러나 저는 행복에 대한 집착이, 그 참기 힘든 가벼운 추구가 사람을 불행하게 만드는 근본 원인이라고 생각합니다.

어떤 심리학자에게서 이런 말을 들었어요. 자살하는 사람들은 대개 세상에 대해 낙관적인 전망을 갖고 있는 사람들이라고. 이들은 자기의 바람을 부정하는 세상을 부정하는 행위로 스스로를 파괴한다는 것입니다. 아울러 모든 것이 어렵기 짝이 없는 전쟁 상황이나 포로수용소에서는 자살률이 매우 낮다는 이야기였습니다.

또 예를 들어볼게요. 세상에 널리 알려져 있는 이야기입니다. 우리나라 굴지의 재벌 따님이, 그것도 재벌 총수께서 그렇게 애지중지했다는 분이 젊은 나이에 스스로 목숨을 끊은 일 아실 겁니다. 북한의 최상층 권력자의 따님이 그 나라의 보통 사람들이 누리지 못하는 특권인 조기 외국 유학 생활 중 자살한 것도 알고 있으리라 여깁니다.

생텍쥐페리의 《성채Citadelle》라는 책에서 이런 이야기를 읽은 기억이 있습니다. 한 나라를 다스리는 왕이 왕자에게 세상에 관해 교육하는 글이었다고 기억합니다. 왕은 왕자와 함께 길을 가다가 흉한 상처를 내놓고 있는 병자들을 봅니다. 왕은 이들을 동정하거나 도와주면 안 된다고 타이릅니다. 자기의 상처를 남에게 보이는 것으로 살아가고 있기 때문이라는 것입니다. 이들을 동정하고 상처가 낫도록 도와주면 이 상처를 더욱 덧나게 해서 남에게 보일 것이라면서요.

현진이 심한 고통 속에서 헤맬 때 저는 인정머리 없게 이런 경험이 모두 작가로서 성장에 도움이 되리라는 말을 한 일이 있지요. 진부한 이야기입니다. 귀스타브 플로베르는 진주가 상처의 표시인 것처럼 작가의 스타일도 마음속 깊은 곳에 있는 상처의 결과라는 말을 한 적이 있지요. 그는 아름다운 것이 잔혹한 것에서 나오며, 아름다운 것 자체가 잔혹하다는 말도 했습니다. 작품이란 고통받은 영혼의 숨겨진 자서전이라고도 표현했어요. 문제는 우리가 매일 경험하는 크고 작은 상처, 그 상처의 아픔이 아니라 그 아픔에 대처하는 우리의 자세에 있겠지요.

현진이 짧은 일생을 통해 경험한 사실들이 중요한 것이 아닙니다. 그런 것들은 그저 '사실'에 불과합니다. 문제는 현진이 이런 '사실'에 불과한 것들을 자신에게 들려줄, 그리고 모든 사람이 들어야 할 어떤 이야기로, 어떤 설화로 만들 수 있는가 하는 것 아니겠습니까? 사람에 관한 사실들치고 잔혹하거나 추하거나 지저분하지 않은 것이 별로 없습니다. 세상을 사는 것은 이렇게 잔혹하고 누추한 현실에서 올바른 추론을 이끌어내는 것입니다. 앞서 언급한 마해송이나 박완서 같은 분들이 모두 그렇게 했다고 믿습니다.

우리나라 설화에는 짐승들이 사람이 되고 싶어 하는 이야기가 많습니다. 그래서 오랜 기간 엄청난 노력 끝에 사람이 되지만 끝까지 성공하는 경우는 별로 없어요. 짐승들은 고통스러운 노력 끝에 외모는 사람처럼 바뀝니다만 사람으로 인간 사회에서 살아야 하는 어려움 때문에 대부분 파멸하고 맙니다. 우리나라에는 〈인어공주〉보다 훨씬 더 심오한 내용의 설화들이 많아요. 모두가 사람으로 이 세상에 처하는 어려움에 관한 이야기입니다. 그러면 짐승으로 사는 것이 훨씬 더 '행복'할 텐데 왜 그렇게 어려움을 무릅쓰고 사람이 되고 싶어 하는 것일까요? 아마도 많은 사람들이 사람으로 태어난 슬픔을 가슴에 끌어안고 있기 때문이 아닐까 생각합니다.

코펜하겐 부둣가에 있는 인어공주 동상을 물끄러미 바라본 일이 있습니다. 우리나라에도 유사한 설화가 있었다고 들었습니다. 사람이기 때문에 우리는 흔히 스스로를 용서하지 못하며 고통 속에 살아야 합니다. 나쓰메 소세키의 《마음》 생각납니까? 겉은 멀쩡한데도 속은 여전히 짐승인 사람들이 우리 주변에도 많이 있으리라는 이야기일까요.

사람으로 사는 것이 어려운 이유는 '이해할 수 없는 것을 이해하는' '믿기 어려운 것을 믿어야 하는' '참기 힘든 일을 참아야 하는' 것들이 많아서인 것 같습니다. 우리 민족의 기원에도 바로 이런 어려움을 이기고 여인으로 태어난 '곰'이 있지 않습니까. 백일을 햇빛을 보지 않고 쑥과 마늘만 먹고 사는 것을 상상해보십시오. 여기에는 온갖 부정적인 부

작용에도 불구하고, 그리고 개인적으로 내적인 저항감에도 불구하고 우리에게 신앙과 종교의 세계가 있을 수밖에 없는 일면이 있다고 생각합니다.

기억이 확실하지 않습니다만, 버나드 쇼의 희곡 〈캔디다Candida〉 중에 이런 대화가 있어요. 자신의 나이를 묻는 질문에 젊은 주인공은 "어제까지 스무 살이었지만 지금은 인류 역사만큼 나이가 많다"고 대답합니다. 이어서 그는 이제 "삶이 행복보다 더 위대하다"는 것을 깨달았다고 말합니다.

자본주의 사회의 모순에 관한 질문은 매우 엄중한 것입니다. 이것은 결국 우리들의 정치적 능력으로 해결하지 않으면 안 됩니다. 비록 역설과 결함투성이지만 정치에 관한 신념을 갖고 해결을 모색해야 한다고 여깁니다. 이 문제에 관한 분석과 설명 그리고 해법 등은 이미 많이 나와 있습니다. 끝으로 북한 정부가 어려움을 겪고 있는 주민들에게 힘을 주기 위한 정치 구호를 다른 의미로 인용해도 좋을지 모르겠습니다.

가는 길 험난해도 웃으며 가자.

북한 정부는 어쩌나 구호 하나는 잘 만드는지….

'병맛'을 아십니까?

선.생.님.께

결국 처절한 실패를 맛본 적이 있느냐는 제 질문은 은근슬쩍 넘어가 고 마셨어요! 그런 기억이 없기 때문인가요, 말하고 싶지 않으셔서 그 냥 넘어가버린 건가요?

요즘 취업난 때문에 젊은이들이 다 힘들어하죠. 그런 젊은이들을 볼 때 선생님은 어떤 생각을 하시나요? 알다시피 전 정권에서는 중소기업에 가라, 배부른 소리 한다, 이런 발언으로 젊은이들의 마음에 더 생채기를 냈는데요. 저도 힙신하면 10년 가까이 회사 생활을 했습니다만 그 순간들이 한 번도 재미있었던 적이 없는 것 같습니다. 그래도 먹고살아야 하니까 벌었지만요.

저는 학창 시절에도 정사원으로 일하면서 학업을 병행하느라 고생깨나 했어요. 사실 사립대였으면 대학을 마치지도 못했을 텐데 국립이라 어찌어찌 대학원까지 공부했고요. 저야 아직 사회에 다시 뛰어들 준비가 되지 않아 못 그러고 있습니다만, 취직이 안 되어 한숨짓는 젊은이들을 위한 '라종일식 해법'은 어떤 것이 있을까요?

앞서 질문과도 연관된 것일 텐데, '병맛'이라는 말을 아십니까? 뭔가 병신스럽다, 병신 맛 난다, 이런 뜻인데 말 그대로 부정적으로도 쓰이지만 자학적인 농담으로도 쓰입니다. 이를테면 내 인생이 그렇지 뭐, 병맛이지 뭐, 하는 식으로요. 실패자라는 생각을 취업이 안 되는 젊은이들이 많이 할 것 같아요. 선생님께서도 쓰라린 실패를 겪으며 나는 인생이 '병맛'이야, 내 인생이 그렇지 뭐, 하는 생각을 해보셨는지, 그렇다면 어떻게 일어나셨는지 궁금합니다. "가는 길 험난해도 웃으며 가자" 이것 말고 조금 자세한 이야기가 듣고 싶어요.

늘 글빚 지워 죄송한 현진 드림.

우리가 모르고 있었던, 알려고 하지도 않았던 것

현.진.에.게

어째서인지 현진의 편지를 받으면 다른 일들을 미루고 조잡한 생각이라도 서둘러 맞춰 보내게 됩니다.

현진의 관심이 여전히 저에게 지나치게 가 있는 것은 아닌지요. 지난번 글에서 그 점을 이야기했다고 생각했는데 글재주가 없어서 제대로 전달되지 않은 모양입니다. 저는 우선 자신의 상처를 남에게 드러내 보이거나 반대로 장한 일을 추어올려 앞세우는 것을 좋지 않게 생각했어요. 설혹 꼭 그래야 할 필요가 있을 때일시라노 사기 남닉self-indulgence 이야말로 지나치기 쉬운 것이어서 사람들이 흔히 빠지는 천한 일 중 하나가 아니겠습니까?

오래전 선친이 살아계셨을 때 왜 자서전을 쓰지 않으시는지 여쭤본 일이 있습니다. 선친은 특유의 미소와 함께 이런 대답을 던지셨어요. "내가 자서전을 쓰면 아마도 본인이 이 세상을 만들었다는 말부터 시작할 것이다."

또다른 일화입니다. 어느 학교에서 총장을 하던 시절, 어린이 성폭행 범이 교수들 사이 잡담의 화제가 되었어요. 짐승같이 극악한 인간이어서 사형이라도 해야 한다는 말들이 나왔지요. 나도 무어라 한 마디 했는데, 후일 그 자리에 있었던 교수 한 분이 저에게 이런 말을 했어요. "총장님에게서 여러 가지 말씀을 들었는데 그때 그 말씀 한 마디는 늘 마음에 남습니다." 그분이 기억한다는 말은 별다른 것이 아니었어요. 저는 그 '흉악범'에 대한 교수님들의 성토가 끝난 뒤에 문득 이런 말을 덧붙였어요. "하느님의 눈으로 보신다면 그 범인이나 여기 모인 우리들이나 별 차이가 없지 않겠습니까."

이런 이야기를 하면 현진은 또 내가 나에 관한 이야기를 피한다고 생각하겠지요. 한번은 선배 교수 한 분이 나에게 느닷없이 물었어요. 어떻게 여러 일을 맡아 하고 외국에도 잘 초대받느냐고요. 나는 조금 마음이 상했지만, 선배님에게 하루에 편지를 몇 통 쓰시는지 반문했습니다. 선배님은 편지 쓰는 일이 별로 없다고 답했습니다. 저의 못난 답은 이것이었어요. "저는 하루에 적어도 열 통씩은 씁니다." 우문우답이라고 할 만한 일화겠지요. 예를 들어 1년이면 3,650통의 편지가 거의 모두 좌절의 이야기 아니겠습니까? 이 중에 과연 몇 개나 제가 바라는 답을 가져다주었겠습니까? 언어 회귀율이 1퍼센트인가요?

이 정도로도 현진은 만족하지 않겠지요. 언젠가 현진에게 이런 말을 내비친 적 있는 것 같은데, 지난날 특히 어린 시절을 돌아봐도 즐겁고 평화로웠던 기억은 별로 없었어요. 우선 심하게 가난했어요. 한 번도 물질적인 풍요를 누린 기억이 없습니다. 아마도 선친이 열심히 주장하시던 농지개혁 이후 그리고 한국동란 시기에 어린 시절을 보냈기 때문인지 모르겠습니다. 집은 컸지만 보통 세 세대가 함께 살았어요. 늘 밖에서 활동하시는 아버지보다 어머님의 고생이 크셨을 것이라고 생각합니다. 소학교 때 신고 갈 신발이 없어서 비 올 때 신는 장화를 찾아 신고 갔다가 동무들에게 놀림을 받았던 기억도 있어요. 친하던 친구 몇이 저에게 학용품을 사주던 일도 생각납니다. 얼마 되지 않는 서울대학교 등록금조차 그마저 여러 가지 이유로 이것저것 공제를 받았는데도 제때 납부한 기억이 별로 없습니다. 그리고 방학이면 알량한 외국어 실력으로 회사나 정부 기관의 번역 일을 맡아 하기도 했습니다. 그렇지만 그런 일들에 불평이나 불만을 가진 기억은 없어요.

언젠가 제자들에게 어떤 일에 화를 내는 것과 웃는 것은 마찬가지 반응이라는 이야기를 한 일이 있습니다. 제자들 중에는 이 말을 계속 되살려 기억하는 사람들도 있지요.

그러나 현진이 제기한 현실의 문제, 빈부의 차이나 취업의 어려움 등은 웃고 지낼 수 없는 이야기입니다. 이것은 우리의 정치적인 역량으로 대처해야 하는 엄중한 문제고, 거의 전 세계적인 문제입니다. 이런 문제와 대면할 때는 오래전 읽은 마르크스의 《자본론》 1권에 나오는 '자본의 유기적 구성'에 관한 언급을 생각합니다. 솔직히 저는 별다른 해결책이 없습니다. 물론 올바른 처방을 말할 수는 있어요. 그러나 실제적으로 효과적인 처방이란 올바른 답과는 다른 것이 현실입니다. 자본은 노동 비용을 절감하는 것으로 이윤을 추구하겠지요. 이것은 오래된 이야기지만 근래에 더욱 심각해지고 있지요. 특히 전산화, 경영, 사무자동화, 이른바 외주outsourcing 등에 따른 실직이 일어나는데, 이것이 다른 분야에서 취업 기회를 만들 것이라는 낙관은 사실이 아닌 것으로 드러납니다. 생산 영역의 자동화로 일어나는 실업을 서비스 분야나 이른바 신산업에서 새로운 직장의 창출로 연결시키는 일은 실제 그렇게 쉬운 일이 아닌 것 같습니다. 더욱 큰 문제는 세계화입니다. 자본은 국경 너머로 쉽게 이동하지만 노동은 그렇지 못합니다. 교육 역시 가진 층과 못 가진 층 사이에서 지속적인 불평등을 재생산합니다.

저는 학생일 때 결혼하고 아이도 낳아 키웠어요. 친구들은 제가 다니던 학교의 500여 년 역사에서 학교 기숙사에 가정을 꾸리고 아이까지 양육한 사람은 저 하나뿐일 거라고 농담을 했어요. 더구나 학업이 끝나가는 무렵 직장을 구하려 노심초사한 기억도 있습니다. 그러나 오늘날 취업 문제로 고민하는 젊은이들에게 이런 이야기가 무슨 도움이 되겠습니까.

제 경험만 몇 가지 이야기할게요. 대학교 졸업반 때 우연히 장사에 손을 댄 일이 있었어요. 평소 돈 문제에 별 관심도 없었고 책이나 읽고 지내던 처지였는데 어쩌다가 그런 일에 빠졌는지 모르겠어요. 한동안 열중했고 상당히 재미도 있었고 의외로 돈 버는 게 어려운 것이 아니구나 하는 생각도 들었어요. 그러다가 어느 날 갑자기 더이상 내가 해야할 일이 아니라고 생각하고 집어치웠습니다. 그 후에도 비슷한 일에 손을 댄 일이 있지만 곧 그만두고 말았습니다. 돈 벌기가 그렇게 쉬운 일만은 아니겠고 아마도 제가 운이 좋았던 탓이겠지요. 그렇지만 이런 경험을 통해 배운 것이 있어요. 자기가 좋아하는 일, 하고 싶은 일을 열심히 하면 돈은 걱정하지 않아도 된다는 것입니다. 문제는 돈이 아니고 자기가 하는 일이나 구상이 애초에 잘못되었기 때문 아닐까요.

근래에 친한 외국인 운동선수 한 분이 스포츠 경영대학원을 이수했습니다. 저에게 묻는 것입니다. "이제 어떻게 하면 돈을 벌 수 있나요?" 저는 농담으로 답했어요. "세상에 쫓아다니면 안 되는 것이 세 가지 있다. 돈, 이성 그리고 미디어. 이 세 가지는 그것들이 자기를 쫓아다니도록 해야지 자기가 그것들을 쫓아다니면 결코 잡을 수 없다." 물론 농담으로 들어주십시오.

삼십 대 초반에 학과 주임을 맡았어요. 그때가 어쩌면 지금보다 취업 문제가 더 심각했는데, 국민경제의 규모가 원천적으로 매우 작았기 때문이었겠지요. 더구나 제가 봉직하던 학교는 이른바 일류가 아니었어요. 졸업을 몇 개월 앞두고 취업 문제로 좌절과 고민에 빠진 학생들을 보다 못해 이런 고육지책(?)을 생각해냈어요. 졸업생 명단을 뒤져서 그래도 사회에서 조금이나마 영향력 있는 분들을 찾았지요. 매일 방과 후에는 졸업반 학생들 중 네댓 명씩 데리고 그분들을 찾아다녔습니다. 취직 부탁이었는데 마치 세일즈맨 격이었고 함께한 학생들은 말하자면 샘플 상품(!)인 셈이었지요. 대부분 실망스런 결과였지만 몇 명은 구제할 수 있었습니다.

그러던 어느 날 제가 좀 지쳤던지 짜증이 났어요. 학생들 몇에게 싫은 소리를 했어요. "왜 못나게 취직할 생각만 하는 것이냐? 남에게 직장을 만들어줄 생각은 못하는가?" 학생들은 땅만 내려다보며 별 반응이 없었지요. 오랜 세월이 지난 뒤 길에서 우연히 저에게 인사하는 사람이 있었는데 얼굴을 알아볼 수 없었습니다. 그 사람이 의외의 이야기를 하더군요. "20여 년 전 교수님이 우리를 데리고 다니면서 취직 부탁을 하시던 어느 날, 취직 생각만 말고 직장을 만들 생각도 하라는 꾸지람을 하셨는데, 그때 생각나는 일이 있어 졸업 후 작은 사업을 시작했다. 고생도 많이 했지만 이제는 그럭저럭 수십 명의 직원을 두고 일한다"는 이야기였습니다.

다른 이야기입니다. 정부의 어느 기관에서 일하던 때입니다. 공무원들에게는 승진이 매우 중요한 문제입니다. 세상의 속된 명예욕 때문만은 아닙니다. 자기의 포부나 구상 그리고 역량을 실현하려면 역시 책임과 권한이 높은 자리에 가야 하기 때문입니다. 그러나 어떤 직장이건 높이 올라갈수록 승진은 더 어렵고 좌절이 클 수 있어요. 당연히 높은 자리는 제한되어 있고 하려는 사람은 많기 때문이지요. 그뿐이 아닙니다. 직장에서 승진은 반드시 당사자의 능력이나 업적만으로 결정되는 것이 아닙니다. 인맥, 인연, 정치적인 고려 혹은 다른 우연한 계기로 사람들의 운명이 결정되지요. 매년 새롭게 충원된 젊은 신입사원들을 볼 때마다 이 사람들이 미구에 겪어야 할 어려움을 생각했습니다. 그 사람들에게 첫 강연에서 이런 말을 해주었어요. "이 조직에서 10년간 몸과 마음을 바쳐 충성해라. 그 경험이 후일 여러분에게 도움이 될 것이다.

그러나 10년 후에 대한 대비도 해야 한다. 계속적인 승진이 이뤄지지 않고 이 직장에서 앞날이 밝지 않나고 판단되면 다른 일을 할 수 있어야 한다."

말하자면 앞으로 10년간 직장에서 최선을 다해 일하되 다른 일을 할 수 있는 준비도 해야 한다는 것이죠. 일생을 한 직장에만 다니며 살 수는 없는 일입니다. 한 직장에서 성공하지 못했다고 해서 인생이 끝나는 것도 아니죠. 직장을 그만두더라도 기업인, 경영인, 저술가, 학자, 저널리스트 같은 새로운 직업에 종사할 수 있는 준비를 하라는 말이었습니다. 그러려면 퇴근 후 즐거운 술자리에만 가기보다 성향에 맞는 능력을 개발해야겠지요.

우리에게는 하느님에 버금가는 능력이 있습니다. 예를 들어 추상적인 사고 능력, 언어 능력, 조형이나 음악 능력, 인간관계를 관리하는 능력, 물건을 만드는 능력…. 끝이 없을 정도입니다. 우리가 살고 있는 사회에서, 적어도 제도적인 틀에서 인정하는 것은 우리가 갖고 있는 엄청난 잠재력의 작은 일부분에 불과합니다. 그런데 실은 제도권에서 인정받은 능력이 현실에서는 그 사람의 값어치가 되겠지요.

그러나 우리는 이것을 받아들여서는 안 됩니다. 이른바 학벌 등의 문제로 어려움을 당하는 학생들에게 자주 이런 말을 들려주었습니다. 루스벨트 대통령의 부인, 엘리너 루스벨트의 말입니다. "이 세상에서 자기가 인정하지 않는 한 열등감은 없다."

오래전 미국에 있을 때인데 어느 날 우연히 텔레비전에서 뇌성마비 장애인들의 특이한 재능을 소개하는 프로그램을 보고 눈물을 흘린 일이 있습니다. 평소 다른 사람의 도움 없이는 기본적인 생활도 할 수 없는, 아무런 능력도 없는, 주변에 부담만 되는 것으로 생각했던 사람들이 여러 재능을 가지고 있는 것이었습니다. 단지 우리가 그런 것을 모르고 있었던, 혹은 알려고 하지 않았던 것이었지요.

사람마다 갖추고 있는 다양한 능력을 한 가지 직장, 한 가지 일에만 국한하여 살면서 거기서 좌절한 것으로 인생이 실패했다고 생각하지 말라는 조언이었습니다. 생각하는 것에 따라 세상은 무한한 가능성을 제공할 수도 있습니다.

그러나 지금 눈앞에 취업의 어려움을 겪고 있는 젊은이들에게 이런 이야기가 무슨 도움이 되겠습니까? 그저 손쉬운 해결책을 당장 그리고 여기에서 일러줄 수 없어 답답한 사람의 헛된 이야기로 치부해주십시오. 하지만 한 가지, 현진다운 눈에 띄는 표현이 있습니다. '병맛'이라는 말. 거기서 저는 왠지 좌절이나 자학, 자조보다 자기를 보며 웃을 수 있는 해학, 활기와 탄력을 봅니다. 내가 너무 편리하게만 생각하고 있습니까?

훌륭한 어른이 되기 위해

선.생.님.께

처음에 선생님과 저의 이 서신 모음을 '연서집'이라 우겼고, 서울클럽 등 여러 자리에서 누군가 선생님과의 관계를 물어보면 '연인 관계'라고 말하는, 선생님 말씀에 따르면 '아주 못된 버릇'이 있었지요. 그러나 선생님의 편지를 열어보는 순간에는 마치 총각 선생님을 연모하는 여고생처럼 가슴이 두근두근한답니다. 물론 저는 제 성질을 못 이겨 두 달 만에 고등학교를 때려치웠지만요. 앗, 오해는 마세요. 회사 생활을 할 때는 2년은 기본으로 채우곤 했으니까요.

'병맛'이라는 말을 그토록 긍정적으로 해석해주시니 기쁩니다. 물론 제가 만든 말은 아니지만. 요즘 젊은이들이 자기 자신을 절망거리로만 삼지 않고 해탈과 웃음의 경지로 나아가게 해주는 좋은 단어라고 생각합니다. 제가 요즘 쓰고 있는 소설 제목도 "병맛 로맨스"랍니다. 말 그대로 병신 같은(죄송합니다!) 로맨스, 그리고 그런 로맨스에 빠질 수밖에 없는 젊은 여성들에 대한 이야기예요. 정작 저 자신은 그렇게 젊지 않지만요. 저는 여전히 제가 아이처럼 느껴집니다. 서른 두서넛이나 먹은 나이에 가정도 없고 책임져야 하는 아이도 없고 출근하는 직장도 없이 글월을 팔아 살아가니, 보통 사람들과 삶의 사이클이 다를 수밖에 없겠지요. 물론 글월 팔아 살아간다고 하기에는 그것으로 생활이 되지 않으니 재능의 부족함을 탄할 뿐입니다.

얼마 전 〈한겨레〉에 70년대에 큰 부자였던 채현국 이사장의 "어른들을 보고 배워라. 그들처럼 되지 마라"라는 강렬한 메시지가 보도되어 큰 화제가 된 일이 있습니다. 선생님께서는 언제 비로소 나는 어른이구나, 어른이 되었구나 하고 느끼셨는지 궁금합니다. 선생님께서는 자꾸만 제 관심이 선생님에게만 국한되어 있다고 약간 탄하시는데 총각 선생님을 바라보는 여고생이 그렇지 않을까요?(웃음) 그리고 제가 아직

살지 못했던 인생, 살아야 하는 인생을 선생님께 지금 이렇게 배우고 있으니까요.

훌륭한 어른이 되기 위해 꼭 갖춰야 되는 게 뭘까요? 최대한 남에게 폐 끼치지 않고 살아가기 위해 이것만은 하지 않아야 한다, 이런 게 있다면 말씀해주세요. 제가 요즘 '민폐만은 끼치지 말고 살아야 한다'는 게 계속 초조한 목표로 남아서 그런가 봐요. 늘 우문에 현답 주시는 선생님의 회답을 기다리겠습니다. 이렇게 편지 주고받으니 선생님과 저 사이에 마치 전서구가 날고 있는 듯한 기분입니다.

천변에 들국화가 가득 피었어요. 선생님과 어울리는 꽃 같아 한 아름 안겨드리고 싶지만 마음만 보냅니다.

여전히 어른이 되고 싶나요?

현.진.에.게

오래전, 아마 대학 시절 같은데 앙드레 말로의 《반회고록Anti-Mem-oirs》을 읽고 솔직히 실망스러웠어요. 그 당시 말로는 우리들 사이에서 인기가 매우 높았습니다. 학생들이 높이 생각하던 한 교수님은 이 사람을 너무 존경한 나머지 하도 자주 언급을 하셔서 별명이 '작은 말로Petit Malraux'였어요. 당연히 이상한 이름의 자서전이 나왔기에 열심히 읽어 봤지만 느낌은 마치 철없는 십 대 소년의 자기자랑 같았어요. 단 한 구절만 기억에 남습니다. 자기 친구가 한 말을 인용한 것이었는데, "이 세상에 신성한 의미에서 이른이 되는 사람은 없다"는 말이었습니다.

제가 오래전에 읽은 신통치 않은 책의 한 구절을 기억하는 것은 이 말이 바로 작가 자신에게 가장 잘 어울리는 것 같았기 때문인지 모릅니다. 후일에 다른 사람들이 쓴 말로의 전기를 몇 권 봤는데 제가 학생 시절 책을 읽고 받은 인상에 그대로 부합하는 듯했습니다. 현실의 말로는 그를 좋아하고 존경했던 분들이 생각했던 것과는 매우 다른 사람이었습니다. 단지 하나 말로에게 특이한(성공하는 사람들의 공통된 특징이라고 할지) 점이 있다면 별 신통치 않은 것에서 엄청나게 매력적인 이야기를 만들어내는 재주라고 해야 할까요. 특히 그의 전 부인이 쓴 그에 관한 이야기는 정말 쓴웃음이 나올 정도였어요. 아직도 오래전에 읽은 글이 생각납니다. 이 책 서평을 쓴 분의 해학이었습니다. 독일 속담인데 헤겔이《역사철학강의》에서 인용해 유명해진 말입니다. "침실에서 시중을 드는 시종valet de chambre에게는 누구도 영웅이 아니다."

헤겔은 이 속담을 부연해서 "그것은 후자가 영웅이 아니기 때문이 아니라 전자가 시종이기 때문이다"라는 말을 했지요. 서평자는 이 글을 다시 조금 바꿔서 "아무도 자기 부인에게는 영웅이 아니다"라는 평을 했어요.

말로가 자신의 소설 재료가 되었다는, 그리고 자랑스럽게 이야기했던 전력들, 인도차이나에서 모험가로 활동한 것, 중국 혁명에 참여한 것, "베르제 대령(제2차 세계대전 중 독일 점령하에서 레지스탕스운동을 하던 자신의 별명이었다고 주장)"으로서의 활동, 모택동과의 회견, 심지어는 그가 심혈을 기울여 연구한 고고학 저술 등의 실상이 모두 실소를 자아내게 하는 보잘것없는 것이었습니다. 그런데도 그는 작가로서 훌륭하게 성공했을 뿐 아니라 드골 대통령 집권 시절 장기간 문화부 장관으로 재직했어요.

작가 말로를 폄하하려는 뜻으로 하는 말이 아닙니다. 우리는 일생 동안 성장통을 겪고 사는 존재가 아닌가 하는 생각 때문입니다. 이 성장통을 치르고 나서 '어른'이 되었다고 생각하는 순간, 그런 착각이라도 하는 순간, 그 사람은 사람으로서 죽은 것이 아닐까요. 현진은 왜 어른이 되고 싶어합니까? 제가 즐거워하는 말 중에 저와 조금 가까웠던 제자들이 기억하는 말이 하나 있습니다. "죽기 전에 철나지 마라"는 농담입니다.

빅토리아시대에 이런 사고의 유형이 있었답니다. 어린 시절을 일종의 질병, 즉 사람으로서 비정상적인 상황으로 여겼다는 것입니다. 어린이들이 자라 '어른'이 되면서 이 질병이 치유된다는 식이지요. 그런 '어른'은 얼마나 보잘것없는 존재이겠는가 싶습니다. 졸저지만 《낙동강》이라는 책에서 저는 신선이 되려고 노력하다가 실패하는 사람의 이야기를 썼습니다. 우리 민간신앙에서 신선은 매우 매력적인, 사람으로 서 도달할 수 있는 궁극적인 존재입니다. 신선은 자연의 일부로 자연과 함께 있습니다. 더이상 나이를 먹지도 않고 사람 세계의 모든 어려움에 서도 자유롭습니다. 자연의 한 과정으로 산다기보다는 존재한다고 해 야겠지요. 그 대가는 사람들에 대한 일체의 공감, 일체의 동정이나 연 민 등으로부터 자유로워지는 것입니다. 결국 가능하지 않다는 이야기 입니다.

편지에 "그들(어른)처럼 되지 마라"는 말씀을 한 분이 있다는 구절이 있었지요. 아마 그 어른은 무의식중에 새로운 세대도 불과 얼마 지나지 않아 그다음 세대에게 되풀이해야 할 말을 하셨는지 모릅니다. 현진은 왜 어른이 되려고 합니까?

앞에서 말한 작가 말로의 일생을 보면 훌륭합니다. 그는 이야기를 통 해 스스로를 만들어갔고 훌륭하게 성공했습니다. 자신에 관해 형편없 는 거짓말을 잘한 작가로 캐서린 맨스필드가 잘 알려져 있습니다. 그 러나 이런 예는 작가만이 아니라 정도의 차이가 있을 뿐이지 세상 모 든 영역에서 발견할 수 있습니다. 사람의 일생이란 결국 자기가 자신에 관해 만든 이야기입니다. 이 이야기가 세상에 어떤 설득력을 갖고 어 떻게 받아들여지는가에 따라 사기꾼과 그렇지 않은 사람이 구별되는 것이 아닌가 합니다. 성공적인 사기꾼은 다른 사람을 속이기 전에 자신이 먼저 자기 거짓말에 속는 사람입니다. 하비 콕스의《예수 하버드에 오다When Jesus Came to Harvard》라는 책에 이런 이야기가 있어요. "내가 어느 이야기의 한 부분인가." 이 질문에 답할 수 있으면 "내가 무엇을 할까"에 대한 물음에도 답할 수 있다는 것입니다. 언젠가 제가 '설화'가 역사고 철학이라는 말을 한 일이 있지 않습니까? 제가 감히 동화를 쓰기 시작한 것은 이 설화들에 담긴 내용에 관한 느낌 때문이었습니다. 하비 콕스의 책에도 설화가 얼마나 중요한가 하는 이야기들이 나옵니다. "설화라는 실이 없다면 세상이라는 천은 넝마나 걸레에 불과"하다고 역설합니다. "이야기에 불과"하다는 말 대신 "그것은 단지 사실에 불과"하다고 말하는 것이 더 이치에 맞는다는 것입니다. 모든 삶은 설화적이고 우리의 사명은 다시 이야기할 가치가 있는 삶을 영위하는 것입니다.

어른이란 결국 더이상 이런 이야기를 만들 능력이 결핍된 경우가 아닌지요? 그러면 후회로 잠을 이루지 못하지 않겠습니까? 자기를 닮지 말라는 말도 하게 되겠지요. 현진, 여전히 어른이 되고 싶습니까?

한 가지, 칠십 대 중반의 노인을 '총각 선생님'같이 생각한다니 신통한 일입니다.

우리 죄를 용서하여 주시고

선.생.님.께

저는 지금 속이 끓는 것 같은 분노에 사로잡혀 있습니다. 그때 제 팔의 큰 상처 자국을 보시고 왜 그러냐고 물으신 적이 있지요. 누군가를 죽이고, 저도 죽을 생각이었습니다. 그러나 그 사람은 제가 목숨 바쳐 죽일 만큼 가치가 없었고, 제 목숨도 그렇게 헐하게 버릴 만하지는 않았기 때문에 그만두었지요. 그런데 제 인생의 숨통을 반쯤 끊어놓은 사람이 희희낙락 즐거워하고 있는 것을 우연히 목격하고 나니 누군가 심장을 쥐

어쩌는 것 같았습니다. 아주 잔인하고 얼음 같은 손으로 말이죠.

선생님도 누군가를 격렬하게 미워해본 적이 있으십니까? 예전에도 말씀하셨지만 신의 눈으로 봤을 때 흉악한 범죄자나 나 자신이나 똑같은 죄인이라고 하셨지요. 그렇다면 그것은 신의 눈으로 봤을 때 성자나 저나 똑같이 사랑스러운 인간이라는 뜻도 될까요? 저에게 그토록 상처를 입힌 사람(들)도 신이 보시기에는 똑같이 사랑스러운 인간들이겠지요. 제 죄는 용서받고 싶으면서 다른 이들이 저에게 한 것은 갚아주기 바라는 이런 어린아이같음이라니요. 주기도문에서 제가 가장 엄숙하게 느끼는 것은 "우리가 우리에게 잘못한 사람을 용서하여 준 것같이 우리 죄를 용서하여 주시고"라는 구절입니다. 어릴 때부터 숱하게 암송해온 기도문이지만 이제는 압니다. 다른 이의 죄를 용서하지 않으면 결코 제 죄도 용서받을 수 없다는 엄중한 선고라는 것을.

제가 어른이 되고 싶은 이유는 눈에는 눈, 이에는 이로 똑같이 갚아주고 싶은 유치한 증오심, 당장이라도 달려가서 불이라도 지르고 싶은 제 성정의 격렬함, 이것들을 가라앉히고 싶어서입니다. 언젠가 한 친구에게 서른이 넘으면 내 성질이 좀 죽겠냐고 물었더니 나이가 좀 많았던 그 친구는 "너는 마흔이 넘어도 성질이 안 죽을 거야"라고 하더군요. 마흔이면 아직은 좀 남았는데요. 선생님, 늘 평온해 보이는 선생님도 이런 미움이나 증오를 아십니까? 그것을 어떻게 녹이셨는지요?

속이 끓어오르는 새벽입니다. 저는 마침 수면제가 떨어져 잠을 이루지 못하고 있는데나 심정이 끓어오르는 것 같고 제가 당한 일은 똑같이 해주고 싶어 속이 근질거립니다. 이러다간 머지않아 구치소 행이 될 텐데요. 선생님께 고언을 부탁드립니다. 늘 어려운 글빚만 안겨드려 죄송합니다. 다음번에는 좀더 유쾌한 편지 쓰겠습니다.

증오를 불쌍히 여기는 마음으로 바꿀 수 있다면

현.진.에.게

몇 해 전 어떤 국제회의 모두 발언에서 이런 말을 했습니다. 이 세상에서 나라 사이나 개인 사이에서 가장 오해가 많은 문제가 가해자와 피해자를 구별하는 것이라고. 인류 역사상 최초의 가해자는 구약 〈창세기〉에 나오는 카인이겠지요. 피해자는 물론 그의 동생 아벨입니다. 그러나 다시 한 번 생각해봅시다. 만약 우리가 카인에게 "네가 인류 역사상 최초의 가해자였다"라고 한다면 그의 반응은 어떠했겠습니까? 카인은 매우 억울하게 생각했을 것입니다. 카인은 자기가 동생보다 못하지 않으며, 농사를 지어 그 소출을 하느님에게 드렸는데도 하느님에게 차별과 질책을 받고 동생에게도 능멸을 당한 피해자라고 항변했을 것입니다. 앞에서 언급한 흉한 범죄를 저지른 사람에게서도 같은 반응이 나올지 모릅니다. 그분은 길에서 태어났다고 합니다. 그래서 이름조차 그렇게 지었다고 들었습니다. 길에서 태어나 그 나이 되도록 사회에 대한, 정상적인 생활을 하는 것으로 보이는 사람들에 대한 피해의식 속에서 다스리기 힘든 증오를 품고 살아오지 않았겠습니까.

이런 현상은 사적인 개인들 사이에만 있는 것은 아닙니다. 나라 사이에도, 공적인 영역에도 항상 있습니다. 우리 민족 입장에서 우리의 가해자는 누구입니까? 아마도 우리를 침략하고 식민지화한 일본이 먼저 떠오르겠지요. 혹은 한국전쟁을 일으킨 김일성? 혹은 권위주의 정부 시절의 몇 사람?

그런데 일본인들에게도 피해의식이 큰 것을 보고 놀란 일이 있습니다. 처음에는 그것을 '가해자의 피해의식'이라고 생각했습니다. 말하자면 다른 사람들에게 박해를 가하고 보복당할까봐 두려워하는 피해의식이지요. 그런데 그것이 아니라 우리가 쉽게 생각하지 못한 깊은 곳에 또다른 피해의식이 있다는 것을 알고는 한숨을 삼킨 경험이 있습니다. 김일성은 전쟁을 일으켜 우리 민족에게 엄청난 피해를 입혔습니다.

그 전쟁의 목표로 삼았던 통일은 더 멀어졌고 분단은 더 확실하게 고착되었고 오늘날 민족 간의 진정한 화해의 가능성은 더 어려워졌습니다. 그의 또다른 목표인 사회주의의 실현은커녕 전쟁의 여파로 정치는 한동안 더욱 반동적으로 치달았지요. 그런데 그는 스스로를 자기 민족에 엄청난 피해를 입힌 가해자로 생각하겠습니까? 앞서 말한 몇몇 지도자들도 마찬가지일 것입니다.

임마누엘 칸트는 사람이 바르게 생각할 수 있는 원칙으로 몇 가지를 이야기했는데, 아마도 합리적으로, 상대방의 입장에서 그리고 일관되게 생각하라는 이야기였던 것 같아요. 그중에서 가장 중요하고 또 어려운 것이 상대방 입장에서 생각하는 게 아닐까요. 이 세상을 살아가는 긴 여행에서 우리는 많은 사람들을 만납니다. 박목월 선생의 시에서처럼 이리도 사슴도 동행을 하는데 사람 사이에서는 누가 이리고 누가 사슴인지 잘 모릅니다. 그뿐 아니라 어느 날 갑자기 이리가 사슴이 되기도 하고 또 반대로 사슴이 이리가 되기도 하더군요. 우리에게 어려운 것은 이리의 입장도 사슴의 입장도 되어 생각하고 느껴보는 것입니다.

저는 이십 대에 이 세상에 있는 동안 남에게 좋은 일을 하는 건 어렵겠지만 최소한 피해는 주지 않아야겠다고 생각했습니다. 그런데 점차 그것이 불가능하다는 것을 알게 되었습니다. 때로는 내가 이 세상에 있다는 것 자체가 다른 사람들에게 피해가 될 수도 있다는 걸 깨달았습니다. 어떤 지위 하나를 차지해도 다른 사람의 몫을 빼앗은 것이 될 수 있더군요.

《삼국지연의》에 나오는 어떤 무장이 죽음에 이르러 하늘을 원망합니다. "하늘은 나를 세상에 냈으면서 왜 또 제갈량을 내었는가?" 애달픈 하소연이었습니다. 아마도 세상 많은 사람들이 어떤 순간 무의식중에라도 어떤 상대를 생각하면서 혼자 중얼거려본 말인지도 모릅니다. 그런데 이런 말을 한 무장은 정작 여러 차례 제갈량을 해치려 했던 사람이었습니다.

혹시 자신이 피해자면서 가해자일 수 있다는 생각을 해본 일은 없습니까? 우리나라 속담에 남을 때린 자는 발을 뻗고 편한 잠을 이루지 못하지만 맞은 사람은 다리를 펴고 잔다는 말이 있습니다. 정말 그럴까요? 혹시 왜 그럴까요? 앞에서 어떤 일에 화내는 것과 웃는 것이 같은 반응일 수도 있다는 말을 한 적 있지요. 상대방을 증오하는 것과 불쌍히 여기는 것도 같은 반응일 수 있습니까?

문득 윌리엄 모리스의 《에코토피아 뉴스News from Nowhere》가 생각납니다. 가상적인 이상향인데도 살인 사건이 일어나지요. 질투로 연적을 살해한 것입니다. 그런데 이 사회에서는 살인한 사람에게 아무런 벌도 가하지 않습니다. 이런 범죄는 사람 사회에서 근본적으로 막을 수 없는 것이며, 그에 대한 유일한 형벌은 살인을 저지른 사람이 일생 동안 짊어지고 가야 하는 후회와 가책뿐이라고 봅니다. 우리가 사는 세상의 통념과 너무 먼 이야기지요. 그러나 기이하게도 이해가 되는 일이기도 합니다. 증오나 질투 모두 격렬한 감정을 불러일으켜서 이성을 잃게 만들고 후일 스스로 생각해도 가책이 되는 행동을 하게 합니다. 둘 다 근본적으로 천한 감정이기 때문에 더욱 우리를 미치게 만들지요.

〈잠언〉의 한 구절은 증오를 다스리는 일이 얼마나 어려운지 역설적으로 보여줍니다. "노하기를 더디 하는 자는 용사보다 낫고, 자기 마음을 다스리는 자는 성을 빼앗는 자보다 나으니라."(〈잠언〉 16장 32절) 그러니 이렇게 생각할 수는 없습니까? 우리 모두는 사람으로서 짊어지고 살아야 하는 슬픈 운명을 갖고 이 세상을 살아간다고. 증오를 연민이나 긍휼한 마음으로 돌이켜볼 수는 없습니까?

소년 시절 한 친구를 몹시 미워했습니다. 저런 나쁜 녀석은 죽었으면 좋겠다 하는 생각도 했어요. 그러던 어느 날 그가 쉬는 시간에 도시락을 열고 밥을 열심히 먹는 것을 보고 갑자기 마음이 바뀌었습니다. 물이라도 떠다 주고 싶은 생각이 났고 나와 마찬가지로 약하고 보잘것없는 사람을 그렇게 미워했던 저 자신이 부끄러웠습니다.

예수님이나 스데반 성인은 자기를 처형하는 사람들을 위해 기도했습니다. 하느님의 외독자나 성인을 닮자는 말이 아닙니다. 미워하는 사람들에 대한 증오를 불쌍히 여기는 마음으로 바꿀 수 있다면, 그것은 우리가 우리 스스로를 용서하는 것이 되지 않겠습니까? 현진이 나에게 묻는 것만큼이나 나도 자신 없는 말을 현진에게 묻고 있습니다. 마음의 상처란 주는 사람만큼이나 그것을 받는 사람에 따라 결정되는 것이 아닙니까? 누군가 다른 사람에게 상처를 줄 수 있다면 가해자와 피해자의 마음이 맞닿아 있다는 말도 되지 않겠습니까?

이런 말이 상처로 괴로워하고 있는 사람에게 아무런 위안이 되지 않으리라는 것도 잘 알고 있습니다. 그리고 이 세상에는 이런 식의 이야기가 전혀 가당치 않은 경우가 많으리라는 생각도 합니다. 그러나 우리모두 한 번쯤 타인과 자신의 관계에서 생긴 문제를 새롭게 생각해볼 필요가 있지 않겠습니까? 아인슈타인의 말로 기억되는 경구 하나를 인용하는 것으로 생각을 정리해보려 합니다.

어떤 문제이건 그것이 발생한 차원에서는 해결이 불가능하다.

끝에 한마디. 특별한 경우가 아니면 수면제 같은 것을 사용하는 습관 고치도록 노력해보기 바랍니다.

사소한 말들이 전해준 구원

선.생.님.께

선생님의 차분한 글을 읽고 있자니 마음이 가라앉으면서, 스스로 의로운 자의 자리에 서서 나에게 피해를 끼친 자(들)를 증오하고 미워하며 마땅히 하느님이 이러이러한 심판을 내리셔야 한다고 생각했던 것이 부끄러워집니다. 저의 삶을 완전히 망쳐버린 사람이 인간으로서는 이해할 수 없는 행위를 하며 혼자 '룰루랄라' 살고 있는 것을 보고, 처참하게 당한 처지에서는 도저히 이해할 수도 없고 당장 육체적인 복수라도 하고 싶은 마음이 강렬했기에 그토록 격한 편지를 드렸던 것이지요.

서로 수면세 없이 끔들고 싶은 미음이 긴절히니 밤은 언제나 저를 사고 현장으로 데려갑니다. 눈만 감으면 이 세상에서 가장 소중한 것을 잃었던 그 순간이 떠오르고 무력하게 "하지 마! 하지 말라고!" 소리치고 애원하고 빌지만 그 잔인한 인간은 아무 힘도 없는 제 친구를 짓밟습니다. 수면제를 먹고 꿈을 꾸면 수없이 그 순간이 돌아오고, 수면제를 먹지 않고 '잠이 안 오면 안 잘 테다' 이런 자세로 있다 보면 눈 뜨고도 현실은 저를 과거의 세계로 데려갑니다. 역시 그때도 저는 고통스러운 기억 속에서 무기력합니다. 왜 내가 막지 못했는가, 내가 그토록 무력했는가, 목숨을 던져서라도 막았어야 했는데 살아 있는 것이 너무나 비참하고 오욕이다, 하고 생각합니다. 그리고 그럴 때마다 가장 힘들었을 때 선생님과 통화했던 것, 선생님이 쓰신 책에 나오는 테러리스트 강민철이나 그와 다르게 양심수로 잡혀 있는 사람들을 생각할 때 내 삶을 '비참한 오욕'이라 생각한 것 자체가 더 비참해 속절없이 저 자신을 미워하게 되곤 합니다.

'양심수'라는 단어가 나와 생각나는 일이 있습니다. 몇 년 전 카페에서 서빙 아르바이트를 하고 있던 저는 양심수를 위한 일일호프에 자원봉사자로 가게 되었습니다. 아르바이트를 별로 해본 적 없는 대학 초년생들이 자원봉사로 참여하는 바람에 아무래도 현장에서 뛰고 있던 제가 음식과 술을 나르는 데 많은 몫을 담당해야 했습니다.

그중 이상한 일행이 있었습니다. 보통 저녁에 많이들 오는데, 대낮부터 오셔서 아주 조용히 술만 드시고 계시는 할아버지들이었습니다. 보통 남한의 할아버지가 낮술을 드시면 좋지 않은 결과가 종종 일어납니다. 고성방가는 말할 것도 없고, 주된 테마는 "내가 누군지 아느냐"는 것이지요. 지금 생각해보니 리어왕의 독백처럼도 느껴지네요. 자기가 누구인지 증명하고 싶은 마음, '내가 누구인지 말할 수 있는 자는 누구인가'라는 노 취객의 독백 같아 조금은 안쓰러운 마음이 들긴 합니다. 하지만 취향이 취향이라 할아버지들이 주로 찾는 싸고 맛있는 서민 주점을 자주 찾는 저는 그런 할아버지들을 너무 많이 봤기 때문에, 고요하게 술만 홀짝이시는 할아버지들의 평화로운 정적이 너무나 신기해 보였습니다.

0.8평의 방에서 그토록 오래 지내셨던 분들. 그분들에게 가장 익숙한 것이 정적이었던 게 아닐까요. 시중드는 사람을 부를 때도 큰 소리로 부르지 못하고 수줍어하시는 것을 보고 제가 아예 그 테이블을 전담해 시중을 들기 시작했습니다. 시중이 만족스러우셨는지 어색한 얼굴에 조금씩 미소를 보여주시더군요. 한참 뒤, 그곳에서 화폐로 사용되는 일일주점 티켓을 저에게 한 아름 쥐여주시면서 "아가, 이걸로 적당하게 좀…" 하고 말을 잇지 못하시더니 살그머니 제 손목을 살짝 만져보시는 것이었습니다. 전투적인 페미니스트라면 성희롱이라고 버럭 화

를 냈겠지만, 저는 그 모양이 너무 애달파 발을 삐끗한 양 쟁반을 떨어뜨리며 무릎에라도 앉아 드리고 싶을 정도였습니다. 저질이라 죄송해요. 정말 손을 잡는 것도 아니고 살짝 손가락 끝을 대보시는데, 그 순간 남한 남자들이 어찌나 밉던지요. 제가 일하던 직장의 정 부장이니 이 과장이니 하는 녀석들은 제 손 따위, 술만 들어가면 아주 제 것인 양 떡 주무르듯 하던 걸요!

그분들의 동정童貞 여부는 제가 알 수 없지만, 테러리스트 강민철의 경우에도 나라를 위해 무조건 따르다가 붙잡혀 죽을 때까지 자신은 동정이라고 고백했지요. 왜 어떤 곳에는 술과 여자와 여흥이 넘쳐나고, 어떤 곳에는 젊은 여자의 손목을 살짝 만져보는 것도 조심스러워하는 사람들이 있을까요. 갑자기 가슴이 아프고 '아유, 그냥 꼭 잡아보세요' 하고 싶었던 그날이 생각납니다.

항상 선생님께서는 저에게 어떤 불행에 처해도 그것을 글로 표현할 수 있으니 얼마나 다행이냐고 하셨죠. 그리고 말로 나온 불행은 불행이 아니라고 하셨습니다. 자세히는 말하지 못하고 있지만 일단 선생님과 저의 개인적인 나눔의 장이면서 장차 독자들에게 읽힐 여지에 두고 있는 이 지면에 저의 고통을 털어놓고 있다는 사실이 제가 낫고 있다는 증거인 듯합니다. 선생님께 특별히 감사의 마음을 보내고 싶습니다. 늘 선생님을 제 남자 친구라고 하며 짓궂게 장난치고, 저의 최연장 카

톡 친구(이건 짓궂은 장난이 아니라 사실입니다!)라고 남들에게 소개하곤 하지만, 제가 당장 자살이라도 하고 싶어 미칠 것 같을 때 선생님께 보냈던 자잘한 휴대전화 메시지들, 그리고 바로 답해주셨던 그 말씀들이 제겐 구원이었습니다.

사모님께선 차도가 좀 있으신지요. 사모님의 쾌차를 위해 짧게나마 기도하고 있습니다. 갑자기 선생님이 생각하시는 남녀 간의 사랑이란 무엇인지 궁금합니다. 모든 것을 버려도 좋다, 할 만한 사랑에 빠져보신 적 있으신가요? 언제나 차분하시고 앞뒤 상황을 모두 신중하게 살피시는 선생님 같은 분도 누군가를 짝사랑하고 아파해보신 적이 있으십니까? 선생님께서도 큐피트의 화살에 심장이 꿰뚫린 적이 있다면 꼭 듣고 싶습니다.

또한 요즘의 연애는 만혼이 일상화된 만큼 서로의 경제력을 바탕으로 하고 있지요. 결혼을 전제로 만날 때는 더욱 그런데, 데이트를 하려 해도 온통 돈 드는 일밖에 없으니 돈 없는 젊은이들은 연애하기가 너무 고달픕니다. "돈 안 들이고 연애하는 방법 없을까요?" 우석대학교 강연에 갔을 때 학생에게 받은 질문입니다. 과연 돈 안 들이고, 혹은 덜 들이고 연애하는 방법이 있을까요, 선생님.

자꾸만 짓궂은 질문 드리는 저를 용서하세요.

스스로 생각하고 결정하고 행동할 수 있는가

현.진.에.게

외국에 있을 때 한 친구가 이런 말을 했어요. 포르노를 전문적으로 상영하는 영화관에 앉아 있는 노인들을 볼 때 슬픈 마음이 든다고요. 이런 말을 한 본인의 심경을 더 구체적으로 설명하지는 않더군요. 그러나 얼핏 이해가 가는 일이었습니다. 저는 웃으면서 이런 말을 했습니다. "본인은 시간이 흘러 노인이 되었을 때 그런 영화를 즐기러 가지 않으리라는 뜻인가?"

현진이 언급한 노인들에게서 자신의 노년을 보는 것은 아닙니까?

현진의 이야기에서 마음 쓰이는 구절이 있습니다. 성추행의 행태가 그렇게 다른 것은 일반적인 현상입니다. 사람 사회가 아직 문명이라는 말을 쓰기 미안할 정도로요. 좋게 말해 진화 과정에 있다는 이야기도 됩니다. 대체로 성추행이 (일어나는 것이나 주변에서 용인되는 것이) 현실적인 능력과 결부된다는 글을 본 적이 있습니다. 미국의 이야기인데 어떤 기업인이 성공해서 기업이 번창할 때는 성적으로 몰취미한 언동을 해도 사람들이 웃고 지나는데, 그 기업이 잘 안되니까 비판을 하더라는 식의 이야기입니다. 아마도 현진의 이야기에 나오는 상사들은 자신들의 사회적 능력으로 그 정도의 접근이 허용되는 것으로 생각했던 것인지 모릅니다. 이런 추한 일들에 근본적인 변화가 있기까지 얼마나 더 오랜 시간이, 얼마나 더 많은 깨달음이 있어야 할까요?

제 사생활에 여전히 관심이 많으신데 정말 별 흥미를 끌 만한 이야기가 없습니다. 핀다로스Pindaros가 펠롭스Pelops의 전설을 주제로 쓴 시에 이런 구절이 있었던 것 같아요. "위험을 무릅쓰는 모험을 하지 않고 어떻게 영광과 해줄 이야깃거리가 있는 노년을 맞을 수 있겠는가?" 한창 젊은 시절이었지만 이 시를 읽으면서 나를 돌아보고 쓴웃음을 지은 기억이 있습니다. 저는 모험도 영광도 별 이야깃거리도 없는 삶을 살았기 때문이지요. 그리고 앞으로 그런 일을 할 생각도 없어요. 그렇다고 그런 삶에 후회가 있는 것은 아닙니다.

돈 들지 않는 데이트에 관한 질문은 잘 이해가 가지 않습니다. 어째서 이성 친구와 만나는데 반드시 돈이 필요한지요. 자기가 돈이 없다는 것을 솔직하게 말할 수 없는 상대라면 시간을 쓰고 만날 이유가 있을까요? 그런 학생의 질문에 현진의 대답이 무엇이었는지 궁금하군요.

이런 이야기가 요즘 젊은이들에게 어떻게 들릴지 모르겠습니다. 제가 대학생이었을 때도 모두 가난했어요. 물질적인 면에서 절대 수준을 보면 지금과 비교할 수 없을 정도로 가난했지요. 의복이 제대로 없어서 꼭 필요할 때는 교복을 입었고 나머지는 아무렇게나 되는대로 입고 지냈습니다. 가장 흔한 옷이 시장에서 파는 군인 작업복을 검정색으로 염색한 것이었지요. 주머니에 돈 한 푼 없이 하루를 지내는 것이 흔한 일이었습니다. 점심은 도시락이 있었지요. 학교에서 집까지는 그렇게 먼 거리가 아니어서 주로 걸어다녔고요. 이야기가 잘 통하는 여학생과 자주 가는 곳은 안국동에 많이 있던 헌책방들이었고요. 그곳을 뒤지다 보면 한없는 이야깃거리가 되는 재미있는 책들을 찾아볼 수 있었어요.

현진의 질문들에 대한 제 생각을 한마디로 정리한다면, 젊은 분들에게 "스스로 생각하고 스스로 결정하고 행동할 수 있는가?"라고 묻는 것입니다. 우리는 모르는 사이 할리우드식 엉터리 대중문화의 영향 속에 살고 있는 것은 아닙니까? 반드시 누구와 데이트라는 것을 해야 하고, 데이트를 하려면 멋진 곳에 가야 하고, 그러려면 돈이 필요하고, 연인과 열렬한 사랑 끝에 결혼하고…. 이런 난센스들을 그대로 받아들이고 거기에 맞춰 살려고 하는 것은 아닙니까? 그리고 이런 것들을 행복의 필요조건이라고 생각하는 것은 아닙니까?

저는 우리나라 말을 좋아합니다. 특히 현실의 미세한 사정을 표현하는 형용사, 부사들…. 특히 명사 중에는 "바다"처럼 마음을 넓고 풍요롭게 하는 큰 풍경을 떠오르게 하는 말들을 좋아합니다. 지방마다 특색 있는 사투리 표현들도 저를 즐겁게 하지요. 단지 한 가지 불평이 있어요. "사랑"이란 단어도 어감부터가 즐거운 말인데, 왜 수많은 사랑의 감정들을 표현하는 말이 이 한 단어밖에 없는가 하는 의문입니다. 희랍 사람들에게는 사랑을 표현하는 단어들이 여러 가지(아가페, 에로스, 필리아, 스토르게) 있지 않습니까? 그 외에 기독교는 독특하게 절대적인 존재의 인간에 대한 사랑을 가르칩니다. 우리말을 탓하는 것은 아닙니다. 단지 누구를 사랑한다는 말을 너무 쉽게, 아마 스스로 자기감정을 제대로 정리하지 못한 채 하는 경우가 있지 않은가 하는 생각이 듭니다.

언젠가 사랑을 이야기하는 분에게 이렇게 답했습니다. "당신이 사랑한다는 것은 그저 당신의 식욕에 불과합니다. 당신의 사랑은 고양이가 쥐를 사랑한다는 것이나 마찬가지입니다." 너무 심한 말이었는지 모릅니다. 그러나 잘 생각해봅시다. 돈 없이 데이트할 수 있는지 생각하기 전에….

구멍가게 앞에 놓인 평상을 기억하며

선.생.님.께

열흘가량이나 편지를 드리지 못했습니다. 장마철 더위와 습한 공기 탓을 살짝 해봅니다만, 선생님의 지난번 편지를 읽고 많은 고민이 생겼다고 해두겠습니다.

먼저 우석대학교 학생의 그 질문에 대한 저의 대답부터 말씀드리겠습니다. 저는 손만 잡아도 좋을 때면 둘이 개천가에 앉아 서로 이야기

나누는 것만으로 즐겁지 않겠느냐고 대답했지만, 그 학생은 석연치 않은 표정이었습니다. 제 대답은 영국에서 시작되었다고 하는 '사람책' 대출 활동을 염두에 두고 한 이야기였어요. 한 사람 한 사람의 이야기가 책 한 권과 같다고 해서 여러 스토리를 가진 사람을 '사람책 도서관Human Library'이 열리는 날 '대출'(초대)해 일정 시간 동안 그 사람의 이야기를 듣는 활동입니다. 굉장히 흥미로운 활동이라고 생각해서 연인이라면 서로를 대출해 읽고 싶을 만큼 할 말이 많지 않겠는가, 싶어 해준 말인데, 학생이 제 대답에 시시하다는 표정을 지은 것도 이해가 갑니다.

불과 십 년 전만 해도 동네마다 평상 같은 것이 있지 않았습니까? 주로 구멍가게 앞에 놓여 있던 평상은 세찬 추위가 오는 겨울만 빼고는 봄부터 가을까지 이웃들이 모여 수다를 떨고, 막 시작하는 커플이 바나나우유에 빨대를 꽂아 나눠 마시면서 잠시 다리를 쉬어가는, 여러 세대가 친화적이 될 수 있었던 장소였다고 기억합니다. 하지만 특히 서울의 지금은, 평상이 모두 사라지고 그 자리에 뭐가 생겼을까요? 저는 스타벅스가 생겼다고 생각합니다. 그리고 그 학생이 특별히 줏대 없다는 생각도 차마 할 수 없었습니다.

돈이 있을수록, 또 돈이 있어야 멋진 데이트를 할 수 있다는 생각을 사회 전반이, 아니 그들을 둘러싼 모든 환경이 확성기를 들고 외치듯 말하고 있는데 어떻게 거기에 쉽게 저항할 수 있겠습니까? 자본주의가 절정에 달한 지 오래지만 이런 옷을 입어야 멋진 남녀가 된다, 이런 것을 해야 그럴싸해 보이는 커플이 된다, 스마트폰이든 인터넷이든 텔레비전이든 보는 것마다 그들을 향해 그렇게 외치고 있는데, 거기서 도망치는 것은 쉬운 일이 아니라고 봅니다. 그럴 때 가장 효과적인 도피처는 독서입니다만, 요즘처럼 지하철이나 버스를 타면 책 한 권 보고 있는 사람 찾기 힘든 시대에 그런 취미를 권하기는 너무나 어려운 것이 아닌가 싶습니다.

매스컴이 아니더라도 젊은 청년들에게 요구하는 어른들, 부모들의 외침 또한 똑같지요. "어느 때에 이렇게 해라!" "이 정도 나이에는 이 정도를 성취해라!"(제가 전혀 성취하지 못한 일종의 패배자라서 이 점에 대해 이렇게 "허탈하게" 가볍게 말할 수 있는 것이지요, 사실은) "그럴싸한 연애를 그럴싸한 상대와 한 다음 우리가 퇴직하기 전에 남 보기 그럴듯한 결혼을 해라!"

이렇게 사회 전체가 외치고 있기에 여기에 저항하기가 너무나 힘든 것 같습니다.

선생님은 젊은이들이 자신의 생각대로 움직여야 한다고 말씀하셨는데 요즘 그렇게 할 수 있는 청년들이 몇이나 될까요. 오히려 사회가 요구하는 규칙을 온몸을 다해 준수한 다음, 그것을 자신의 선택이라 생각하고 사긍심을 가지면서 경쟁이 극도로 격화된 사회에 적응해나가는 것이 젊은 세대의 생존법이 아닌가 합니다. 그런 주류 사회의 길에서 벗어난, 혹은 낙오되어버린 저 같은 사람은 그저 그 광경을 바라보기만 할 뿐이지만, 한때 그 안에 소속되어 있었던 사람으로서, 또 한 사람의 (늙은?) 젊은이로서 선생님이 말씀하신 대로 자기 스스로 생각해 선택하는 것에 대해서는 아쉬움이 많습니다.

한마디로 우리 사회에는 '곁길'이 너무 적은 것 같습니다. 한번 길을 이탈해버리면 다시 그 길로 들어갈 방법이 거의 없다고 봐야 합니다. 야구로 치자면 스트라이크 존이 너무 좁다고 할까요. 사회와 어른들이 요구하는 삶의 스펙을 충족시킬 수 있는 청년은 그리 많지 않을 겁니다. 그렇다 해도 잠시 방황하다가 사회 전선에 복귀할 수 있는 방법이 있어야 하는데 그렇지 못한 게 사실인 것 같습니다. 저 역시 아직 사회 전선에 복귀하지 못하고 있지요. 물론 제 경우 전업 작가라는, 거의 이뤄질 수 없는 꿈을 위해 노력하고 있으니 조금 다른 경우입니다만.

어떻게 하면 우석대학교의 그 학생과 같은 친구들이 자기 스스로 생각하고, 할리우드식 환상에서 벗어날 수 있을까요? 오늘날 스스로 생각하는 일은 너무나 어렵습니다. 모든 미디어와 상품들이 생각은 우리가 대신 해주겠으니 너희는 돈만 내라, 하는 식으로 몰아붙이는 상황에 놓인 젊은이들이 안쓰럽기만 합니다.

초복도 지난 여름, 잘 이겨내시길 빌면서.

이 세상은 친절하지 않습니다

현.진.에.게

최근 창의성에 관한 글을 읽었습니다. 폴 메카트니와 존 레논의 예를 들면서 창조적인 작업이 한 사람의 독창적인 창의성으로 이뤄지기보다 서로 이질적인 두 사람의 협력, 혹은 이질적인 가치 체계나 전통들의 충돌로 초월적인 제3의 산물이 생성된다는 것입니다. 메카트니는 밝은 포크송을 수로 하는 반면 레논은 우울하고 저항적이었지요. 레논이 〈Help〉를 작곡할 때도 우울증에 시달렸다고 합니다. 그래서 처음이 곡은 느리고 고통스러운 신음 같았습니다. 그런데 매카트니가 이 곡에 사뿐한 내의 선율을 넣자고 했답니다. 그 결과 처음과는 매우 다른 차원의 훌륭한 작품이 되었습니다.

이 저자 분은 한 걸음 더 나아가서 세상과 고립되어 혼자 외로운 작업에 몰두해 있는, 이른바 천재적인 개인에게서 창조성이 나오는 것이 아니라고 주장합니다. 르네상스 시기까지 우리가 천재적이라고 생각하는 개인들은 모두 잘 알고 있는 재료들을 갖고 매혹적인 작품을 만들어내는 솜씨 좋은 모방꾼이라 여겨졌다는 것입니다. 전형적인 예로 셰익스피어를 들고 있습니다. 이 작가는 새로운 생각을 펼쳐내 작품을 쓴 것이 아니고 이미 있는 작품들의 줄거리나 인물 혹은 언어를 빌려오거나 새로 쓰고 바꾸어 편집하는 식으로 창작했다는 것입니다. 현대의 '천재적인' 혹은 '독창적인' 인물이라는 신화는 근대, 특히 낭만기의 산물이라고 합니다.

천재적인 재능을 타고난 독창적인 개인을 부인하고 사람들 사이의 관계와 협동에 의한 창조적인 작업을 강조한 이분은 특히 한 쌍의 협력자가 중요하다고 말합니다. 이를 '기본적인 협력체the elemental collective'라고까지 부릅니다. 이것이 사회적 경험 그리고 창조적인 작업의 근원이라고 주장하지요. 이분의 표현 중에 재미있는 것이 있습니다. 다리가 셋 달린 것은 식탁을 안정적으로 서 있게 만들지만 다리가 둘 달린 것은 그것을 계속 움직이게 만든다는 지적입니다.

기억하겠지요. 처음 현진이 서신을 주고받는 것으로 책을 만들자고 제의했을 때 제가 내키지 않아 했던 것을요. 무슨 좋은 이야기가 나올까 회의적인 태도였지요. 그랬기 때문인지 이 글을 읽다가 웃음이 나왔습니다. 우리가 주고받는 서신에서 누가 메카트니고 누가 레논인지…. 이런 실없는 생각을 하다가 혼자 웃습니다. 한 가지는 확실합니다. 현진과 저는 반세기 가까운 연령 차이만큼이나 서로 다른 것 같아요. 이 차이(혹은 대립, 모순?)의 교류에서 어떤 것을 기대할 수 있을 것 같습니까? 아니면 기대를 정당화할 만큼의 노력을 기울여야 하겠습니까?

현진의 글을 읽다가 생각나는 것이 있어요. 언젠가 어느 나라의 마약 문제를 이야기하다가 상대방의 심기를 건드린 일이 있어요. 마약 단속에 어려움을 겪는 사람들에게 이런 실없는 말을 했지요. "마약을 근절하려면 공급 쪽보다 수요 쪽을 다스려야 한다. 공급원을 아무리 철저하게 없앤다고 해도 수요가 있는 한 그리고 공급을 해서 막대한 이득을 챙길 수 있는 한 새로운 공급자들이 생겨날 것이다. 오늘 당장 이른바 킹 핀king-pin이라고 부르는 큰 조직의 두목들을 모두 없앤다 해도 내일 새로운 인물들이 등장할 것이다. 해결책은 수요를 없애는 것이다. 이것은 간단한 일이다. 마약을 상습적으로 사용하는 사람들은 두 부류다. 먼저 사회의 가장 상류층 인사들과 시장에서 가장 성공한 사람들. 이 사람들은 항상 엄청난 경쟁의 긴장 속에서 살아야 하기 때문에 마약에 손을 댄다. 그다음으로는 소위 언더클래스under class라 부르는 사회의 가장 밑은 지번층으로, 깡패에 아무런 전망도 아유도 없는 사람든이다. 이들은 어차피 시장에서 경쟁하기는커녕 그렇게 하려는 생각도 못하는 사람들이다. 이 사람들에게도 마약은 삶의 필수적인 일부분이다. 그렇다면 해결책은 간단하다. 시장을, 시장경제를 철폐하면 된다.”

나는 웃자고 가벼운 마음으로 한 이야기였는데 의외로 듣는 분들의 표정은 웃음과는 거리가 있는 것이었습니다. 진지하지 못한 태도라고 불쾌해했을까요? 나쁜 농담이라고 생각했을까요? 혹 자기들을 조롱한다고 느꼈을까요? 아니면 그분들이 생각도 할 수 없는 너무 무거운 문제를 들고 나와서 당황했던 것일까요? 어쩌면 자신들도 결코 이길 수 없는 싸움을 하고 있다는 평소 생각을 다시 확인시켜주었기 때문이었을지도 모릅니다.

오래전 로빈슨 크루소의 이야기를 읽으면서 그것이 특수한 상황에서 특별한 사람에게 일어난 일이 아니고 모든 사람에게 해당되는 보편적인 이야기라는 생각이 들었습니다. 우리는 모두가 로빈슨 크루소인지 모릅니다. 주변 환경은 우리 삶을 위협하는 낯설고 적대적인 것이지만 사람들은 자기가 갖고 있는 개인적인 자원을 최대한 활용해 어려운 환경을 자신의 생존에 친화적으로 만들어 삶을 추구하지 않으면 안 됩니다. 이 노력에서 우리 모두는 절해의 고도에 혼자 표착한 것이나 마찬가지입니다. 주변에 아무리 많은 사람들이 있어도 결국 자기 혼자 노력해야 합니다. 로빈슨 크루소는 온갖 노력으로 무인고도의 환경에 적응하면서 자기 생존에 맞게 주변을 조금씩 바꾸어갔습니다. 그 과정에서 다른 사람을 죽음 직전에서 구출해 동료로 삼기도 합니다. 마침내는 구원을 받아 문명세계로 복귀하죠. 대니얼 디포의《로빈슨 크루소 Robinson Crusoe》도, 쥘 베른의《15소년 표류기Deux Ans de Vacances》도 전형적인 근대 유럽인의 묘사라고들 합니다. 그러나 전자의 경우가 매우 다른 것은 혼자 생소한 환경에서 고독과 싸우며 생을 개척하는 모습이 마치 사람이 태어나서부터 세상에서 겪는 상황을 묘사하고 있다는 느낌입니다.

현진의 글에 충분히 공감합니다. 오늘날 젊은이들이 처한 상황이 매우 어렵다는 것을 이해하지만 이 문제에 관해 편하고 쉬운 답을 줄 수는 없습니다. 일천하지만 제 경험입니다. 사람은 어떤 환경에 처하더라도 불행하게 마련입니다.《레 미제라블 Les Misérables》은 어떤 특정한 시기에 특정한 사람들이 처한 상황에 대한 고발만은 아니라고 생각합니다. 사람이 처한 보편적인 상황에 관한 묘사일 수 있습니다. 내가 아는 한 도처에서 사람들은 불행하고 불만스러웠습니다. 지금도 그렇다고 생각합니다.

지금과는 그 성격이 매우 다르지만 1950~60년대 젊은이들이 처한 상황도 지금보다 좋은 것이 아니었습니다. 가늠하기 쉬운 일은 아니지 만 서희 솔직한 심경은 지금보다 훨씬 나빴다고 생각합니다. 오늘날은 우선 모든 면에서 선택의 여지가 반세기 전과는 비교도 안 되게 넓어진 것 같습니다. 아마도 이런 생각 자체가 세대 간의 이해를 해치는 원인 중 하나일 텐데, 이런 인식 차이 역시 한국에서 우리의 경험만은 아니 고 오랜 기간 사람들이 겪어온 경험의 일부분이겠지요. 여하간 제가 속 한 세대의 사람들을 보면 이렇게 생각해도 됩니다. '이들이 모두 평탄 한 길을 걸어온 것 같지만 실은 엄청난 좌절과 시련의 전장에서 생존에 성공한 전사들이다.'

인생이 그런 처참한 투쟁을 할 가치가 있는 것인가 하는 분도 있겠지 요. 그런 말에는 별로 할 말이 없습니다. "웃고 대답하지 않으니 마음이 스스로 한가하다笑而 不答 心自閑"라는 시구가 당치도 않게 이럴 때 생각납 니다. 천만부당. 결코 마음이 한가한 것은 아닙니다. 단지 질문이 안 되 는 질문이라는 생각은 같습니다.

북한을 생각할 때마다 남북한 간의 큰 차이 하나가 머릿속에 떠오릅 니다. 북한은 기성세대의 문제나 가치를 후세대에게 너무 잘 교육(이라 기보다 주입이라고 해야 할지)시켰습니다. 그래서 젊은 세대들은 과거의 도 전과 문제들에서 한 발자국도 나아가지 못하는 것 같아요. 반면 남한에 서는 일제강점기, 해방 그리고 한국전쟁이나 그 후의 '조국 근대화' 시대의 문제들이 너무 쉽게 잊힌 것 같아요. 오늘날 새로운 세대들에게 과거란 없는 것이 아닌가 합니다.

한마디로 저는 환경을 탓하는 것만으로는 아무것도 이뤄지지 않는다고 생각합니다. 우리가 처한 환경은 그것이 무인도이건, 서울의 한복판이건, 단란해 보이는 가정이건, 동료 의식이 풍성한 직장이건, 우애가 넘쳐나는 군부대 안이건, 항상 우리를 위압하고 주저앉히려 합니다.

1968년 파리에서 대규모 저항운동이 일어났습니다. 그 성격에 관해서는 아직도 논란이 있지만, 흔히 '68혁명'이라고 부릅니다. 혁명치고는 짧은 시간에 끝났지만 그 의미나 영향은 작은 것이 아니었다고 생각합니다. 그때 벽에 쓰인 낙서의 한 구절이 늘 마음에 남아 있습니다.

사회는 사람을 먹고 사는 식인의 꽃이다
La societe est une fleur carnivore.

유학 첫해를 어려움 속에 살고 있던 제게는 크게 가슴에 와 닿는 말이었습니다.

그러나 그 현지에서의 경험은 다른 면에서 한 가지 진실을 확인시켜주었습니다. 사람 사회는 매우 천천히, 그 시대를 사는 사람들이 절실하게 원하는 것과는 달리 매우 느리게 바뀐다는 것입니다. 철석같이 단단해 보였던 현실의 벽이 갑자기 무너지고 새로운 가능성이 열리는 듯

한 순간들이 있습니다. 그러나 다시 생각해보면 세상이 그렇게 근본적으로 바뀌었는지 의심이 갈 때가 많습니다. 그러는 사이 자신이 처한 환경을 탓하는 것만으로는 아무도 한 발자국 앞으로 나갈 수 없다는 것을 깨달았습니다. 마치 마약을 근절하려고 노력하는 사람들에게 시장경제를 포기해야 한다는 처방을 주는 것처럼요.

지금 당장 등록금이나 취업 고민을 안고 있는 젊은이에게 아무런 도움이 되지 않으리라 생각하면서도 이런 말을 하고 싶습니다. 사람은 모두 엄청난 재능과 가능성을 갖고 있습니다. 한 가지 길이 막히면 하느님은 다른 길을 열어주십니다. 혹은 자기 안에 있는 다른 길을 찾으라는 계시일 수도 있습니다. 가장 중요한 것은 누구도, 적어도 에덴의 낙원 이후에 세상이 자기에게 친절하리라는 기대를 하면 안 된다는 것입니다.

여담 삼아 이야기 하나 할게요. 수년 전 중앙아시아 어느 나라를 방문했다가 매우 가슴 아픈 이야기를 들었습니다. 그 나라에 사는 우리 교포들은 비교적 여유 있는 생활을 해왔습니다. 그 역사를 조금은 아시겠지요? 스탈린 시대에 갑자기 강제 이주를 당한 분들의 후손들이지요. 이 과정에서 많은 희생이 있었다고 들었습니다. 많게는 2만 5000명 정도의 인명 손실도 있었다고요. 아무런 생계 대책도 없이 허허벌판에 버려진 이들은 끈기 하나로 버티고 살아 상당한 수준의 생활을 개척했습니다. 그러나 공산주의의 계획 경제가 무너지고 시장 중심의 경제가 되자 주로 농사하던 교포들은 상대적으로 생활 수준이 전에 비해 떨어지게 되었지요. 비극은 이런 상황을 배경으로 일어났습니다.

교포 소년 하나가 열심히 공부해서 그 나라에서 제일 좋다는 명문 대학에 입학했는데 집에 등록금을 낼 여유가 없었습니다. 과거에는 공부만 잘하면 등록금 같은 것은 걱정하지 않아도 되었지만, 이른바 개혁·개방 이후에는 문제가 달라졌지요. 이 학생은 몸이 달아서 부모님을 조르고 부탁했지만 부모도 딱히 돈을 구할 길이 없었대요. 소년은 애를 태우다가 대학 입학식 날 목을 매어 자살했다고 합니다. 아직도 이 이야기를 떠올리면 가슴이 막혀 한동안 괴롭습니다. 그때 내가 곁에 있었더라면, 미리 알았더라면, 아니면 누가 주변에 있어서 인생에는 여러 가지 가능성이 있어 딱히 좋은 대학을 가지 않아도 할 수 있는 일이 많다는 이야기를 해줄 수 있었더라면….

좋은 대학을 가지 못한다는 게 목숨을 끊을 일이 됩니까? 그렇지만, 그렇지만 이해가 됩니다. 이제 갓 열일곱 살 때는 그렇게 노력해서 합격한 학교에 다른 친구들은 모두 가는데 혼자만 집에 있다는 것이 세상을 버릴 만한 절망이 될 수 있겠지요. 아니면 자신에게 그런 좋은 기회를 허용하지 않는 세상에 대한 항의였겠지요. 그 이야기를 듣고는 가슴이 막혀 한동안 말을 할 수 없었습니다.

쓸데없는 일인지 알면서도 대학 진학을 희망하는 교포가 있다고 해서 한국에 데려왔고, 집에 있는 여유를 모아 장학 기금 하나를 마련했습니다. 지금도 그 기금에서 매년 장애인 학생 몇에게 작은 장학금을 지불합니다. 이것은 그때의 경험에 대한 위로나 보상이라기보다 그때의 기억을 되살려주는 것입니다. 아마도 현진의 세대 젊은 분들 중에도 세상에 쉽게 절망하는 이들이 있겠지요. 그러면 안 된다고, 그럴 필요 없다고 말한들 무슨 도움이, 무슨 위로가 되겠습니까?

사랑에서 고약한 냄새가 나는 이유

선.생.님.께

"누구도, 적어도 에덴의 낙원 이후에 세상이 자기에게 친절하리라는 기대를 하면 안 된다"라는 구절에 머리를 세게 얻어맞은 것 같았습니다. 옛 그리스의 목욕탕에도 "요즘 애들 버릇없다"라는 낙서가 있다고 하던가요. 그런 것처럼 어느 세대나 자기 세대가 가장 불행하다고 생각한답니다. 무슨 도움이, 무슨 위로가 되겠냐는 그 말씀이 엄중합니다. 흔히 세상에서 '멘토'라고 불리는 사람들이 주는 '힐링'은 '에덴에서

인간이 쫓겨난 이후 세계가 자신에게 친절하기를 기대해서는 안 된다'
라는 사실을 뼛속 깊이 실감하지 않은 인간에게는 그저 비구러 알사탕
에 불과하다는 생각이 듭니다.

저 역시 세상이 저에게 친절하기를 바라며 어리광을 부렸던 것 같아
요. 저는 비교적 사회활동을 일찍 시작해 여러 안 좋은 일들을 많이 겪
었습니다. 당연히 돈 문제였죠. 거기에 휩쓸리면서 십 대 시절부터 남
들이 잘 겪지 않는 일을 겪다 보니 스스로를 불쌍하고 가엾게 느끼기도
했습니다. '왜 나는 또래들이 하지 않는 고생을 하는가' 하며 자기 연민
에 빠진 적도 많습니다만 '세상이 나에게 친절할 리가 없다!'라는 것을
그때 알았더라면 좋았을 뻔했습니다. 아니, 아직 늦지 않았다는 생각이
듭니다.

최근 저에게 일어난 몇 가지 불행들을 꼭 먹어야 하는 쓴 약처럼 억
지로 씹어 삼키고, 토할 것처럼 다시 넘어오면 다시 씹어 삼키면서, 이
런 생각을 그동안 수없이 해왔습니다. 유월절에 유대 백성들이 어린양
의 피를 문설주에 바르면 'pass over', 즉 천사들이 사망의 칼을 대지
않고 그냥 넘어가주기도 하는데, '왜 이 모든 불행의 주인공이 하필 나
여야만 하는가' 하고요. 오늘 선생님께서 그 해답을 주신 것 같습니다.

물론 저도 여러 가지 생각을 했지요. '제가 건강한 것, 선생님을 비롯
해 좋은 사람들이 곁에 있는 것 같은 복은 왜 하필 나여야만 하는가?'

'나에게 일어난 좋은 일들도 왜 나여야만 하는가?' 이런 이성적인 질문을 끝없이 했지만 너무 아팠기 때문에 그런 허울 좋은 생각들이 저에게 기능하지 못했습니다. 하지만 오늘은 어딘가 눈앞이 탁 트인 것만 같습니다. '이 세상이 나에게 친절하란 법이 어디 있는가!' '이 세상이 나에게 친절할 의무가 있단 말인가, 뭐란 말인가!' '세상이 나에게 친절하게 대하리라는 기대에 어떤 근거가 있단 말인가!' 이런 생각을 하고 나니 지금까지의 나약한 절망 대신 어떤 저항심과 투쟁심이 서서히 마음의 표면 위로 떠오르는 것이 느껴집니다.

친한 친구들이, 최근 안 좋은 일들을 겪고 나니까 좋게 말하면 차분해졌고, 나쁘게 말하면 기가 죽어서 '전투적으로 일단 해보자!' 하는 대담한 태도가 사라진 것 같다고 하더군요. 저는 어쩌면 세상에 '삐쳐' 있었는지도 모르겠습니다. 왜 나를 이렇게까지 불친절하게 대하느냐고, 나한테 왜 그러냐고. 하지만 세상이란 저에게 관심조차 없는 것이 아니었습니다. 지구가 자전하듯 세상은 흘러가는 것이고, 여러 상황과 제 실수가 엇갈려서 세상이 나아가는 궤도에 발이 걸려 넘어져 다치고 피 흘린 것은 어디까지나 저의 일인 것을요. 제 눈앞을 환하게 해주셔서 감사합니다. 세상이 나에게 무작정 친절하기를 바라는 어리광을 버리고 어른으로서 살아가야겠다는 다짐이 듭니다.

제가 선생님과 서신을 주고받고 싶었던 것은, 분명히 선생님의 지혜를 얻어 들을 수 있을 거라고 굳게 믿었기 때문입니다. 물론 무안한 마음에 선생님의 '여자 친구'를 사칭하여 현시집으로 내야 한다고 농담 섞인 고집도 피우고 그랬지만요. 지금까지는 제가 얕은 꾀를 부린 대로 선생님의 귀한 지혜를 얻어 듣고자 하는 속셈이 잘 맞아떨어지고 있습니다.

선생님과 사이에 반세기라는 세월이 있습니다만, 그래도 선생님은 저보다 스마트폰을 먼저 장만하신 분이잖아요? 우리 편지에서 누가 존 레논이고, 누가 폴 매카트니인지 아직은 잘 모르겠지만 지금으로서는 제멋대로고 감정에 잘 휩쓸렸다고 알려진 존 레논의 역을 제가 맡고 있다고 보입니다. 선생님께서는 제가 편지를 쓰다 말고 마음이 격해질 때, 끓기 직전 99도의 물에 얼음 한 개를 떨어뜨리는 폴 매카트니 역을 맡고 계신 게 아닐까요? 워낙 이성적이시라 이미지도 좀 비슷한 것 같고요.

지금도 살아 있는 오노 요코는 무슨 매력이 있어서 존 레논을 사로잡았을까요? 존 레논의 첫 아내 신시아가 레논의 침실을 열었을 때 신시아의 가운을 입은 오노 요코가 아무렇지도 않게 "굿 모닝" 하고 인사했다니 대단한 여자이긴 한가 봅니다. 그런데 이 오노가 존 레논이 전처와 낳은 아들 션 레논의 사유재산까지 마음대로 처분해서 입에 오르내린 모양입니다. 이를테면 레논이 아들에게 쓴 자필 편지나 그림을 그린 스케치북 같은 것들이요. 그래서 션 레논이 자기 소유인 그 물건들을 돈을 주고 수집가들에게 사들이고 있다는 믿거나 말거나 하는 뉴스를 어디선가 들었습니다. 하지만 간밤에 자기 남편과 밤을 보낸 여자를 아침에 부부 침실에서 마주친 신시아의 기분은 어땠을까요? 삼복더위에 선생님께 꼭 여쭈리라 생각한 게 이런 거였습니다.

지난번 주고받은 편지에서 할리우드식 연애나 돈 들이지 않는 이성 교제, 사랑, 그런 것들에 대해 이야기했지만, 사랑이란 참 좋은 거죠. 그런데 그 좋은 사랑이 마치 땡볕에 일주일쯤 방치한 음식물 쓰레기처럼 고약한 냄새가 날 때까지 썩어버리는 이유는 뭘까요? 여인의 마음은 오리무중이라는 말은 예부터 전해 내려옵니다만, 남자의 마음 역시 오리무중인 것은 마찬가지인 것 같습니다.

요즘은 '삼포세대'라고 해서 결혼이나 취업, 출산을 아예 포기한 젊은 세대를 수식하는 말이 있습니다. 돈 없으면 연애하기 어려운 게 일견 납득이 가기도 합니다. 나가면 한 발짝 한 발짝 걸을 때마다 돈 나갈 일투성이인 세상이니까요. 그러나 그런 것들을 극복하고 사랑에 빠져놓고, 그것이 썩어 문드러져 고약한 냄새를 풍기게 되는 것은 대체 왜일까요. 추하고 더러운 쓰레기처럼 그 좋던 사랑이라는 것이 변해버리는 건 왜일까요. 화무십일홍이기 때문에? 사랑이라는 것이 최대 3년밖에 가지 않는 호르몬 작용이기 때문에?

한 가지 길이 막히면 하느님이 다른 길을 열어주실 것을 믿으면서도 서는 그것이 궁금합니다. 인간이라는 존재가, 어떻게 그렇게 추하게 변할 수가 있을까요?

아이는 어른을 사람으로 키웁니다

현.진.에.게

중국인 여류 작가 아일린 장이 쓴 단편소설 〈함락된 도시에서의 사랑Love in a Fallen City〉이 생각납니다. 그 소설에서 남녀는 철저하게 이기적인 동기로 사귑니다. 여자는 견디기 힘든 복잡한 가정을 탈출해 결혼함으로써 안정된 생활을 바라지만, 남자는 결혼 생각 없이 적당한 선에서 즐기는 관계를 계속합니다. 여자에게는 이런 관계가 매우 불만스럽고 초조했겠지요. 그런데 두 사람이 살고 있는 상해가 일본군의 침공을 받고 점령당합니다. 도시 주민들은 앞날을 알 수 없는 매우 불안한 상황에 처하게 되었지요. 그러자 갑자기 남자는 여자에게 청혼을 합니다. 앞날이 어떻게 될지 모르게 된 처지에서 그나마 안정을 줄 수 있는 결혼이라는 제도가 생각났겠지요.

또다른 예가 하나 있습니다. 방민호 시인의 〈빙의〉라는 시 마지막 구절입니다.

> 사랑이 깊으면 아픔도 깊어
>
> 나는 당신의 아픈 곳에 손을 대고
>
> 당신과 함께 웃지

현진의 물음에는 답도 들어 있어요. "돈이 없으면 연애도 하기 어려운 게 일견 납득이 가기도 합니다. 나가면 한 발짝 한 발짝 걸을 때마다 돈 나갈 일투성이인 세상이니까요. 그러나 그런 것들을 극복하고 사랑에 빠져놓고, 그것이 썩어 문드러져 고약한 냄새를 풍기게 되는 것은 대체 왜일까요. 추하고 더러운 쓰레기처럼 그 좋던 사랑이라는 것이 변해버리는 건 왜일까요. 화무십일홍이기 때문에?"

전에도 이런 말 한 적 있지요. 우리가 쉽게 사랑이라고 부르는 것은 실은 우리의 식욕에 불과하다는. 오래전 일이지만 어떤 분의 면전에서 이 말을 하고 한동안 후회했습니다. 그러나 이런 자각을 하고 보면 어째서 이루지 못한 사랑만이 진정한 사랑이 되는지 이해가 가지 않습니까? 이런 현상만 봐도 우리가 얼마나 할리우드식 대중문화의 영향 아래 살고 있는지 짐작이 갑니다. 열렬한 사랑 끝에 좌고우면의 눈치도 볼 것 없이 결혼에 이르고 그 사랑이라는 명분으로 온갖 행동이 정당화되는 식입니다. 이런 사랑이 현실에서 "썩어 문드러져 고약한 냄새를 풍기게" 되는 것은 당연한 결과이지 않겠습니까.

사람이란 누구보다 자기 자신을 속일 수 있는 능력이 큰 특이한 존재입니다. 자기 욕심을 상대방에 대한 사랑이라는 말로 치장하는 경우를 흔히 볼 수 있지요. 할리우드식 문화는 이런 것을 마치 지고의 가치인 것처럼 이상화해 보여줍니다. 반드시 종교적인 의미가 아닐지라도 사랑한다는 것이 얼마나 큰 고통과 희생을 수반할 수 있는지에 대한 생각은 전혀 없겠지요. 차라리 사랑했다는 환상을 품은 채 멀리 떨어져서 아픈 곳에 손을 대고 함께 웃는 것이 사랑답지 않겠습니까?

그것에 비하면 앞날을 알 수 없는 어려운 시기에 남녀가 이에 대처하기 위해 결혼에 이르는 상해식 사랑이 훨씬 진실에 가까운 사랑이라고 생각합니다. 이 동료 의식에 기반을 둔 사랑이야말로 진정한 사랑이라고 할 수 있습니다. 두 사람이 세상을 상대로 둘만의 확실한 연대를 유지하는 것입니다. 이런 사랑은 더욱 높은 차원으로 발전할 수 있습니다. 이런 연대가 현실적인 혹은 공리적인 수준에만 머무는 것은 아닙니다. 시간이 지나면서 당연히 서로 아끼고 돌보게 되며 육체적인 것과 정신적인 것이 구분되지 않는 인간적인 공감과 이해 그리고 애착이 생깁니다. 더 확실한 유대는 둘 사이에 태어나는 2세들입니다. 헨리 무어의 조각 〈가족〉에서 보듯 부부 사이에 아이를 감싸는 팔과 손은 엄청나게 중량감이 있지요.

현실에서의 사랑이란 궁극적으로 이기적인 욕심 가득한 자기 나름대로의 감정이라는 설명이 너무 지나쳤는지 모르겠습니다. 이런 문제에 관해 제가 너무 냉소적이라는 생각을 하겠지요. 제가 너무 순수하지 못한 생각만 하는지도 모르겠습니다. 이 세상에서 경험한 것이 대부분 그렇게 부정적인 것이었기 때문인가, 혹은 시대 상황이 일제 강점기, 해방 이후의 혼란, 한국전쟁, 빈곤과 후진성, 권위주의 시대 같은 어려운 일들의 연속이었기 때문인가 싶기도 합니다. 여하간 세상의 모든 일들을 조금 절제해서 보는 편입니다. 남녀 간의 사랑에 관해서도 마찬가지인가 봅니다. 근본적으로는 우리 존재 자체의 문제지 않겠습니까?

기독교 신화는 이런 제약을 잘 설명해줍니다. 남자와 여자는 원래 한 몸이라고 하지 않습니까? "이는 내 뼈 중의 뼈요 살 중의 살"이지요. 애초부터 남자 하나로는 완선한 존재가 아니었지요. 이브가 등장하고 나서야 사람으로서 온전한 모습이 됩니다. 이렇게 온전함을 이루는 매개가 남녀 간의 사랑이 아니었나 싶습니다. 이 사랑이 타락한 것은 사람의 루머과 관련이 있지요. 이브기 이담에게 선악과를 권하고 둘이 함께 금기를 어긴 뒤 하느님으로부터 질책을 당하자 아담은 이브 핑계를 댑니다. 말하자면 자기의 뼈, 자기의 살, 자기의 일부를 배반하는 것입니다. "하느님이 주셔서 나와 함께 있게 하신 여자 그가 그 나무 열매를 내게 주므로 내가 먹었나이다." 하느님과의 약속을 어긴 것이 바로 사람과 사람 사이의 건널 수 없는 간격이 됩니다. 피할 수 없이 오염된 사랑은 서로를 자기 욕망의 대상으로 보게 만든 것이지요.

그 근본적인 원인이 어떻든 기독교 신화는 우리의 존재에 관해 이해하도록 도와줍니다. 진부한 이야기가 되겠지만 아담은 이브의 잘못을 먼저 타이르고 함께 용서를 구했어야 했겠지요. 아니면 이브를 대신해 자신이 죄를 청했어야 했겠지요. 그러나 그는 자기 잘못까지도 자기의 일부분인 이브에게 전가하려 했습니다. 그 이후 남녀 간의 사랑은 지속적으로 오염되고 타락의 길을 걷게 되었습니다.

사람 사이의 사랑이란 것이 불가능하다는 것을, 순수한 사랑이란 것이 자기기만이 되기 쉽다는 것을, 그래서 짧은 순간 자신과 상대방을 속일 수 있지만 결국 파탄에 이를 수밖에 없다는 것을, 그래서 차라리 스스로 더이상 속일 수 없는 지경에 이르기 전에 멈추는 것이, 짧았던 환상 속에 오래 머물러 있는 것이 다행한 것이라는 생각은 하지 않습니까? 이 환상 속에서는 늘 말하는 돈의 문제도 문제가 아닌 것이 되겠지요. 그렇게 보면 사랑이 썩기까지 3년이란 시간은 오히려 너무 긴 것 아닙니까?

희랍 말 '스토르게storge'는 가족·혈연 간의 사랑을 의미하는 말이라고 합니다. 그러나 부모와 자식 사이 혹은 형제와 자매 사이의 갈등을 자세히 들여다보면 혈연 간의 사랑이라는 것도 근본적으로 이기적인 동기에서 자유롭지 않다는 것을 볼 수 있습니다. 우리는 부모의 사랑이 대가를 전제로 하지 않는 순수한 것으로 높여 보지만, 이런 사랑에도 자기 자신의 연장 혹은 보상의 그림자가 짙게 드리워진 것을 알게 됩니다. 동물들도 자기 새끼에 대한 애정은 각별하지요. 실은 혈연 간의 갈등이 인연이 전혀 없는 타인들 간의 갈등보다 더 복잡하고 사악하기까지 한 경우를 많이 봅니다.

상대방을 사랑한다고 말하기 전에 혹은 그렇게 생각하기 전에 상대방을 자신의 왕성한 식욕의 대상으로 여기는 것이 아닌지 들여다봐야 합니다. 자기의 사랑이 이미 배신을 잉태하고 있는 것은 아닌지 말입니다. 탈레랑은 "언어는 자신의 생각을 숨기기 위해 있는 것"이라고 말했습니다. 우리는 아름다운 사랑이라는 말 속에 얼마나 많은 엉뚱한 생각들을 숨기고 있습니까?

앞에 인용한 방민호 시인의 다른 시 〈스토킹〉의 한 구절입니다.

그래도 안 쫓아오면 죽어

미친 정신이 아니거든

사랑이거든

　스토커는 상대방에게 자기의 관심에 대한 보상을 요구합니다. 자기가 그(녀)를 쫓아다닌 것만큼 이제는 그(녀)가 자기를 쫓아와야(오는 시늉만이라도) 한다고 말하면서 그렇지 않으면 죽이겠다고 합니다. 이 시가 스토커의 심경을 잘 묘사했는지는 모릅니다. 그러나 마지막 구절 "사랑"이라는 말이 마음에 걸립니다. 왜 하필 자신의 편집광적인 집념에 "사랑"이라는 말을 써야 할까요. 우리들의 언어는 정말 우리를 속이기 위해 있는 것입니까? 더 혼란스럽게 하는 것은 엄청나게 큰 대상을 사랑한다고, 그것도 큰 소리로 외치는 것입니다. "조국을 사랑한다" "인민 대중을 사랑한다"라는 말들을 흔히 하는데, 이런 경우는 자기의 정치적 포부 혹은 야심을 사랑한다는 뜻이 아닌가 합니다. 1970~80년대 권위주의 정권 시절 운동권 가요들 중에 즐겨 듣던 노래가 있습니다. 제목이 〈나의 사랑 한반도〉였어요. 음악은 좋았지만 어떻게 한반도가 사랑의 대상이 될 수 있는지 그리고 그런 사랑을 어떻게 하는 것인지 아직도 혼란스럽습니다.

　고대 희랍 사람들의 '사랑'이라는 말의 여러 의미를 구별한 표현들을 잘 알고 있겠지요. 그중에서 가장 숭고한 것, 말하자면 종교적 차원의 사랑을 '아가페agape'라 했다고 알고 있습니다. 그러나 현대 희랍인들은 이런 구별에 별로 마음을 쓰지 않는 듯 남녀 간의 사랑에도 같은 어휘를 쓰더군요. 말하자면 누구를 사랑한다는 고백을 할 때도 이 표현을 씁니다. 〈사랑해s'agapo〉라는 희랍 가곡도 있지요.

기독교의 가르침에 따르면 하느님은 자기의 피조물인 인간을 위해, 인간에 대한 사랑 때문에 자신의 가장 소중한 것, 즉 아들을 희생시킵니다. 이 특정한 종교의 교리를 그대로 받아들이건 아니건, 중요한 것은 사람들이 이런 사랑의 경지를 생각할 수 있다는 것입니다. 마치 "원수를 사랑하라"는 말씀과 같습니다. 만약 외계인이 존재해서 지구인들을 관찰한다면 아마 인간들이 사랑이라는 것을 할 수 있는 존재라는 점에 가장 깊은 인상을 받을지 모릅니다. 하찮은 존재를 위해 자신의 가장 소중한 것을 희생할 수 있는, 원수조차 사랑할 수 있는 존재라니! 사람들은 적어도 이런 사랑을 할 수 있는 잠재적인 능력이 있는 그리고 그런 사랑을 이상으로 삼을 수 있는 존재입니다.

그러나 이런 사랑이 어느 날 갑자기 영감처럼 종교적인 가르침에 감화되어 일어나는 일은 드물다고 생각합니다. 시인 유안진 글라라가 어느 해 어버이날에 발표한 시라고 합니다(〈서울 주보〉, 2014년 8월 10일).

너 몇 살이니?/15살요.

엄마는 지금 몇이신데?/ 15산요.

엄마, 네 엄마가 너하고 쌍둥이란 말이냐?

엄마는 저를 낳고 나서야 엄마가 되었데요.

아빠두 맨날 제 덕분에 아빠 되었다고 하세요.

그래그래 자식이 부모를 키워주지.

평생이 걸리지만 부모 되게 해주지.

　우리들의 사랑이란 구체적인 삶과 함께, 특히 가정을 이루고 아이를 낳아 기르는 과정에서 실현되는 것이라고 여깁니다. 학생 시절 별 대책 없이 결혼하고 애까지 생겨서 학교 기숙사에 가정을 꾸리고 애도 키웠다는 이야기를 했지요. 그때 집사람과 저는 사랑하는 사이라기보다 함께 생활을 개척하고 꾸려나가는 동료였어요. 첫아이가 생겼을 때 큰 경험이고 충격이었습니다. 잃어버렸던 신앙을 다시 주워 든 것도 그때입니다. 우리나라 속담에 아이가 세 살이 되면 부모의 은혜를 다 갚는 것이라는 말이 있습니다. 그 말의 참 뜻도 생생하게 느낄 수 있었어요. 진정 아이를 키우면서 아이보다 우선 부모가 사람으로서 자랍니다. 아이를 안으면서, 밥을 먹이면서, 목욕을 시키고 기저귀를 갈면서 사람이 됩니다. 새끼에 대한 집착은 짐승에게도 있습니다. 사람은 이 집착을 사랑으로 키우는 것이 다르다고 생각합니다. 말하자면 자신의 아이를 키우면서 느끼는 애착의 정을 모든 사람들에게서 느낄 수 있다는 것입니다.

　원래 경망한 성격 탓에 교직에 일찍 몸담으면서 공부 잘하고 말 잘 듣는 학생들을 가까이 하고 좋아했지요. 그렇지 못한 학생들은 당연히(!) 늘 곱지 않은 시선으로 보고 멀리했습니다. 그러나 아이를 키우면서 이런 태도가 완전히 바뀝니다. 누구를 만나건 우선 그 사람의 부모가 그를 낳고 키우면서 기울였을 애착과 정성을 봅니다. 이제는 말도 잘 안 듣고 공부도 잘 못하는 학생들에게 더 관심이 갑니다. 사람 하나하나가 모두 다르게 보입니다. 종종 어디서 교통사고로 피해자가 발생했다든지 전장에서 몇몇 사상자가 났다는 소식을 접합니다. 그것은 단순한 숫자가 아니라 누군가 젖을 먹이고 기저귀를 갈아주면서 보듬고 안아 키웠을 구체적인 사람입니다. 피해를 당한 사람만이 아니라 뒤에 남겨진 부모와 형제들에게도 생각이 미칩니다.

　정부에서 일할 때 간혹 북한 정부가 몰래 보낸 이른바 공작원들이 남한에서 발각되면 자살을 하거나 책임자 손에 살해당하는 경우를 보곤했습니다. 그런 일들을 접할 때도 그 사람들이 그저 처리해야 할 적이 아니라 우리와 같은 사람이라는 생각이 늘 함께 있었습니다. 그래서 정치적인 고려에 앞서 우선 그분들의 시신을 잘 보존해 돌려보내도록 노력했습니다. 주검을 끌어안고 통곡해야 하는 사람들을 생각할 수밖에 없었지요. 스스로 가정을 갖고 애를 키워보지 않고도 이런 것이 가능한 분들이 있겠지요. 저의 경우는 가정을 갖고 애를 키우는 매일매일의 구체적인 경험이 없었더라면 가능했을까 의심스럽습니다.

그렇게 아이 넷을 키우고 여러 직장을 전전하며 살았지요. 아이가 셋일 때 집사람은 대학원을 다녔고 나중에는 대학에 강의를 나갔어요. 늦게 아이가 하나 태어나서 집사람은 나가던 직장을 포기하고 아이를 돌봤지요. 집사람과 저는 함께 생활을 영위하고 특히 아이들을 돌보고 키우는 것이 주된 관심사였습니다. 《폭풍의 언덕Wuthering Heights》의 히스클리프를 연상시키는 열렬한 사랑 같은 것은 생각해보지 못했습니다. 동료 간에 서로 돌보고 아끼는 생각 같은 것이 전부였지요. 나의 즐거움이나 다른 이기적 동기와 관련 없는 '사랑'이라는 감정을 마음속에서 느껴본 것은 시간이 더 지나 집사람이 어려울 때였어요. 아내의 건강이 나빠져 몹시 힘들어할 때는 그 괴로움을 대신할 수 있다면, 그 괴로움을 면하게 할 수 있다면 무엇이라도 아깝지 않다는, 나를 버려도 좋다는 느낌이었어요. 그런 감정이 사랑인가 보다 생각한 적이 있습니다.

이것은 그저 제 작은 경험에 불과해서 이것이 정상이라거나 올바르다고 생각하지는 않습니다. 다른 사람들에게 똑같이 적용된다는 생각도 없습니다. 단지 현진이 생각하고 이야기하는 세계와는 너무 다른 경험이어서 이런 일도 있다는 식으로 생각해주십시오. 다만 가끔 이런 생각을 합니다. 언어의 그리고 사고의 혼란을 막기 위해 고대 희랍 사람들처럼 사랑이라는 말을 특별한 경우에만 국한해 사용하고, 다른 경우에는 다른 낱말들을 사용하면 어떨까. 예를 들어 호감 가는 이성(혹은 동성)을 봤을 때 '사랑'이라는 말 대신에 어떤 말을 쓰면 좋겠습니까? 글을 잘 쓰는, 특히 어휘 구사 능력이 뛰어난 현진이 한번 해보겠습니까? 저는 별 좋은 생각이 나지 않습니다. 기껏해야 "맛있겠다" "구미가 당긴다" "가까이 있고 싶다" "함께 살고 싶다"? 너무 그런 가요? "보면 혹은 생각하면 기쁘다" "좋아한다" 등이라면 조금 나을까요? 여하간 '사랑한다'는 것은 저에게는 엄청나게 무거운 말 같습니다. 함부로 쓰기 어려운 말이지요.

잘 정리되지 않은 어설픈 생각들을 써 보내면서 끝에 하고 싶은 말이 생각났습니다. 현진의 글에 이 서신 교환을 통해 "귀한 지혜"를 배운다는 구절이 있더군요. 진정 저를 두렵게 하는 말입니다. 저는 "귀한 지혜"는커녕 일신의 처신도 제대로 가늠 못하고 늘 혼란과 방황을 겪는 사람입니다.

오랜 기간 교직에 있다 보니 몇 가지 마음에 걸리는 일들이 있습니다. 가장 부담이 되는 것은 학생들을 평가해 이른바 학점을 내는 일입니다. 이런 평가가 얼마나 부정의한 일인가 생각하곤 합니다. 다음으로는 내가 과연 학생들에게 무슨 도움을 주고 있는지, 도움은커녕 그들의 앞날에 장애가 되고 있는 것이 아닌지 하는 생각입니다. 남을 평가하는 어려움과 함께 사제지간의 위험은 제한된 경험이나 제한된 의미의 지식을 확대해 해석하거나 일반화하는 것입니다. 제 편지도 그런 뜻을 전제하고 읽어주십시오.

제자들 중에 사회에서 두각을 나타내는 사람들을 만나면 반 농담처럼 축하와 함께, 내가 그렇게 방해를 했는데도 그것을 극복하고 훌륭하게 되어서 대견하다는 말을 덧붙입니다. 본인들도 물론 농담으로 듣고 함께 웃고 말지만 반드시 농담만은 아닙니다. 해마다 스승의 날이 되면 연락이 되는 제자들을 초청해 저녁 대접을 합니다. 오랫동안 이 행사를 해왔습니다. '제자의 은혜'에 보답한다는 뜻입니다만 반쯤은 자기 잘못을 반성한다는 그리고 제자들에게 이해를 구한다는 뜻을 담고 있습니다.

현진도 저에게 지혜를 구한다기보다는 그저 나이 많은 사람의 생각을 들어본다는 그리고 우리가 함께 살고 있는 사회에서 현진이 느끼는 문제들을 전하고 의견을 교환한다는 식으로 생각해주면 훨씬 마음이 편하겠습니다.

마음이 슬퍼지려고 할 때면

선.생.님.께

잘 알겠습니다. 앞으로 결코 지혜를 나눠 받는다는 식의 거창한 표현으로 선생님 마음을 근심스럽게 하는 일 없도록 할게요. 언제인가 선생님께서 스스로를 표현하시면서 "나는 경망스럽고 가벼운 사람"이라 하시더라고요. 그때 속으로 정말 깜짝 놀랐습니다. 제가 아는 사람 중에 경박과 가장 거리가 먼 사람이 있다면 그건 선생님이니까요. 겉모습도 신사시지만 어휘 하나하나를 어쩌나 신중하게 구사하시는지 늘 놀라고 맙니다. 저는 언제나 입을 가지고 실수하는 사람인데요. 선생님의 그 자제력 있는 모습, 조금 흥분에서 이야기할 때도 침착해 보이는 무습이 늘 감탄스럽고 배우고 싶습니다.

선생님의 본디 성정인가요? 어릴 때부터 침착하고 착실한 소년이었나요? 아니면 성장해가면서 지금처럼 침착하고 신중한 모습의 어른이 되셨나요? 만약 태생적인 것이 아니라 세상을 살아가면서 얻은 것이라면, 선생님처럼 신중하고 조심스러운 성격을 키우려면 어떤 노력을 해야 하는지 꼭 알고 싶습니다. 정말이지 이건 선생님의 굉장한 매력이에요! 선생님의 그런 매력이 없었더라면 제가 선생님 '여자 친구'라고 진지하게 거짓말을 하거나 이 글들을 '연서집'이라고 박박 우기지 않았을 거예요. 늘 말씀드렸다시피 선생님은 우리나라 40~50년대 태생 중 1퍼센트에 속하는 분이라니까요. 나머지 99퍼센트의 아저씨, 할아버지들은 가래침 탁탁 뱉고 젊은 여자애들한테 야단치고 소리소리 치느라 바쁘죠.

만날 저 보고 짓궂은 질문만 한다고 하셔서 대학 생활 때를 여쭤봅니다. 케임브리지가 워낙 크다고는 들었습니다만, 런던올림픽 폐막식을 장식하기도 했던 영국의 작가 겸 코미디언 에릭 아이들이라는 사람의 이름을 들어보셨나요? 이 사람이 케임브리지 친구들과 만든 코미디 집단이 있어요. '몬티 파이튼Monty Python'인데요, 선생님께서 영국 대사를 지내셨다기에 갑자기 사소한 궁금증이 생깁니다. 혹시 이 사람들을 대학 때 마주치신 적이 있나요? 이 사람들이 만든 노래 중에 〈Always Look On The Bright Side Of Life〉가 있습니다. 영국 장례식에서 가장 많이 불리는 노래라고 해요. 포클랜드 전쟁 때는 침몰하는 구축함에 타고 있던 해병들이 구조를 기다리며 일제히 합창했던 노래라고도 하고요. 영국 왕세자 찰스의 60회 생일에도 에릭 아이들이 초대되어 이 노래를 불렀는데 짓궂게 개사해서 "너희 엄마는 왕좌에서 물러날 생각을 않지만 그래도 넌 웨일스 왕자잖아" 하고 불렀다더군요. 1979년에 발표된 노래인데요. 가사 전문을 옮겨봅니다.

Some things in life are bad
They can really make you mad
Other things just make you swear and curse.

When you're chewing on life's gristle
Don't grumble, give a whistle
And this'll help things turn out for the best.

And always look on the bright side of life.
Always look on the light side of life.

If life seems jolly rotten

There's something you've forgotten

And that's to laugh and smile and dance and sing.

When you're feeling in the dumps

Don't be silly chumps

Just purse your lips and whistle That's the thing.

And always look on the bright side of life.

Always look on the light side of life.

For life is quite absurd

And death's the final word

You must always face the curtain with a bow.

Forget about your sin – give the audience a grin

Enjoy it, it's your last chance anyhow.

So always look on the bright side of death

Just before you draw your terminal breath.

Life's a piece of shit

When you look at it

Life's a laugh and death's a joke, it's true.

You'll see it's all a show

Keep 'em laughing as you go

Just remember that the last laugh is on you.

And always look on the bright side of life.

Always look on the right side of life.

(Come on guys, cheer up!)

Always look on the bright side of life.

Always look on the bright side of life.

(Worse things happen at sea, you know.)

Always look on the bright side of life.

(I mean, what have you got to lose?)

(You know, you come from nothing, you're going back to noth-

ing. What have you lost? Nothing!)

Always look on the right side of life.

어떠세요? 저도 혼자 있을 때 기운이 빠지거나 하면 언제나 밝은 곳

을 바라보자, 하면서 이 노래를 부르곤 하는데 영국에 계실 때 들어보

신 적이 있나요? 자꾸 마음이 슬퍼지려고 할 때 부르는 선생님만의 노래랄까, 그런 게 있으신지 궁금합니다. 이미 친양곡이 아닐까 싶은데, 살짝 알려주시겠어요? 선생님을 지금까지 지켜주었던 노래가 있다면 저도 살그머니 그 뒤에 피하고 싶은 마음입니다.

추신. 저를 깊이 사랑한다는 청년이 나타났는데 일 같은 거 안 하고 벌어먹일 자신이 있다고 큰소리를 치더군요. 그래서 실례지만 한 달에 얼마 버느냐고 물어봤더니 100만 원 조금 넘게 번답니다. 그 청년이 순수하고 제가 속물인 걸까요? 부끄러워서 길게는 질문을 못 드리겠네요. 작은 소리로 소곤소곤…. 다 괜찮은데 돈만 못 번다, 이런 건 아니고, 다른 것도 그냥 그런데 돈까지 못 번다가 맞는 것 같아요.

자랑하지 마라

현.진.에.게

현진의 글에서 찰스 왕자 이야기를 읽다가 문득 옛 기억이 떠올랐습니다. 영국으로 유학을 갔는데 우연히, 정말 우연히 어떤 학교에 입학하게 되었어요. 부끄러운 이야기지만 케임브리지대학 트리니티칼리지 Trinity College라는 곳이었습니다. 입학하고 나서야 그 학교가 우리가 아는 전공별로 나뉜 곳이 아니고 말하자면 일종의 학문 공동체 같은 곳이라는 걸 알게 되었지요. 전공 구별 없이 교수나 학생들이 함께 생활하면서 공부하는 곳이었죠. 차츰 알게 된 것은 이 학교가 영국에서 엄청난 명성을 누리고 있다는 것이었지요. 학문적으로도 자랑이 많아요. 재학생 수백 명 정도의 작은 학교가 프랑스 전체보다 노벨상 수상자가 더 많다고 들었어요. 그러나 학문적인 것보다 오히려 속물적인 명성이 더 큰 것 같았는데, 그 원인 하나가 제가 입학하던 해에 찰스 왕자도 입학한 것이었습니다.

케임브리지에 도착해 2~3일쯤 지났는데 이 조그마한 도시가 온통 들떠 있는 듯한 분위기였어요. 무슨 일인가 했더니 찰스 왕자가(그때는 아직 "웨일스의 왕자Prince of Wales"가 아니었지요) 도착한다는 거예요. 나는 별 흥미도 없었고 그것이 왜 그렇게 대단한 일인지 이해도 가지 않았어요. 후에 들은 이야기로는 그가 시민들의 환호를 받으면서 학교에 도착해 경호원들과 함께 기숙사에 들었다고 하더군요. 며칠 후 저의 담당 교수님이 오찬 초청을 해서 사모님과도 점심을 먹었는데, 사모님 말씀이 "왕자가 오시는 날 차 안에 앉아 있는 그를 잠시 봤는데 그날 저녁 밤새 그의 꿈을 꾸었다"고 해요. 잘 이해가 가지 않는 일이었어요. 같은 학교에 있으니 가끔 오가다가 만나면 목례 정도만 나누고 지나쳤는데, 감동은커녕 별 인상을 받지 못했거든요. 그런 사람에게 그렇게 마음이 간다니…. 나중에 들었지만 학교에서 왕자 숙소에만 따로 난방을 해주었다고 합니다. 당시 기숙사 난방 시설은 매우 기본적인 것이어서 겨울에는 늘 춥게 지냈어요. 그런데도 학생들은 왕자만 특별하게 대우받는 것을 당연한 것으로 받아들이고 아무런 불평도 없었습니다.

문득 50년대 말, 당시 대통령 이승만 박사의 양자 이강석 씨가 서울대학교 법과대학에 특례 입학했을 때 학생들이 동맹휴학까지 하면서 이를 저지하던 일이 생각났어요. 결국 이강석 씨는 자퇴 형태로 학교를 다니지 못했지요. 영국과 우리나라의 차이는 어떤 것이었을까요. 사소한 문제지만 아직 제대로 생각이 정리되지 않습니다. 현진에게 좋은 설명이 있는지 모르겠습니다.

실은 나중에 알게 되었지만 이 학교가 큰 특권 위에 만들어졌다고 합니다. 이 학교에 입학하는 학생들은 물론이고 펠로우fellow 혹은 돈don이라고 부르는 교직원들도 일반 사회와는 동떨어진 특별한 사회에서 특별한 지위와 대접을 누리고 삽니다. 처음 학교를 만들게 된 것도 영화 등을 통해 잘 알려진 헨리 8세가 후한 기부금을 주어서였다고 들었습니다. 물론 이 학교 출신들은 학벌 덕분에 사회에서 여러모로 유리한 대접을 받겠지요. 그러나 식사에서부터 시작해 학생들과 교직원들의 신분과 대접의 차이도 너무 큰 것 같았어요.

영국에서 대사를 하고 있을 때 한번은 입학식 축사를 해달라는 요청을 받았습니다. 속으로 마침 잘 되었다 생각하고, 의례적인 축사 대신 학창 시절 학교에 느꼈던 불만을 터뜨리는 불온한 내용을 잔뜩 준비했어요. 유감스럽게도 본국에서 새로 내동령이 되신 분이 그만 국내에 들어와 일하라 하셔서 그 연설을 못했습니다. 다른 한편 학문적인 혹은 문화적인 업적이 대부분 이런 착취와 불평등에 기반을 두고 있는 것이 아닌가 하는 의문도 있었습니다. 만약 사회적인 부를 모두 균등하게 분배해버리면 후일에 남을 만한 업적을 이루기가 어려운 것인지, 인류가 이룩한 문명 혹은 문화적 성취가 대부분 착취와 불평등 위에 이뤄진 것은 아닌지, 혹은 이 두 가지 명제를 조화하는 지혜가 있는 것인지…. 헨리 제임스의 《카사마시마 공주The Princess Casamassima》에 그런 주제가 나오지요. 현진의 생각을 듣고 싶습니다.

그 후에도 여러 인연으로 몇 차례 왕자를 만났습니다. 세자로 책봉될 때도 영국에는 큰 축제 같은 분위기였지요. 한두 번은 다이애나 왕세자비와도 함께 만난 일이 있었는데 특별한 인상은 없었어요. 고인에게 이런 말을 하는 게 마음에 걸리지만 인사를 나누는 것이 마치 자동인형 같다는 인상이었어요. 아마 그때 결혼 생활이 파경이었기 때문인지 모릅니다.

다이애나 왕세자비가 사고로 사망했을 때 우연히 텔레비전 회견 중에 기자가 소감을 물었는데 별 생각이 없다고 무심한 답을 했었지요. 그 정도에서 그쳤더라면 좋았을 텐데 자꾸 캐묻기에 "그 여자를 키운 것도 매스컴이고 죽인 것도 매스컴이지 이 사건에 무슨 큰 의미가 있는지 모르겠다"라는 답을 했는데, 영국인들이 이 이야기를 별로 좋아하지 않았다고 들었습니다. 그때는 다이애나 비에 대한 영국인들의 관심을 잘 이해하지 못했는데 후일 일본에 근무하면서 황실의 엄격한 규율과 거기에 따르는 생활 방식의 경직성 등을 보면서 조금 이해가 되었어요. 영국인들의 눈에 다이애나는 외적인 전통의 인습이나 인위적인 규율에 구애받지 않고 과감하게 자기가 원하는 방식으로 자신의 삶을 개척한 사람으로 평가받은 것이 아닌가 하는 때늦은 이해와 일말의 공감이었지요.

국민들 앞에서 황실 혹은 왕실의 일원으로 수행해야 하는 일정한 역할이 있습니다. 쉽게 말하면 한 사람의 일생이 적어도 겉으로 보이지 않는 대본에 충실한 연기인 것이지요. 반면 이것이 본인의 의사나 원망願望과는 관계가 없거나 혹은 거기에 크게 거슬리는 것이 될 수 있겠지요. 다이애나 비는 이런 역할을 거부하고 자기에게 충실했던 것이 아닌가 합니다. 이런 행동이 국민들에게 공감을 자아냈던 걸까요. 현진의 다이애나 비에 관한 생각을 듣고 싶군요.

현진은 음악 이야기를 했는데 엉뚱하게 찰스 왕자로 화제가 흘러갔습니다. 현진이 언급한 가수들은 만난 일도 노래를 들어본 일도 없습니다. 그 이름들은 유명하니까 들어본 기억이 납니다. 가사도 재미있군요. 노래 이야기를 했는데 노래는 어느 것이나 다 좋아합니다. 특별히 좋아하는 노래는 없어요. 학생 때 바이올린을 해보겠나는 생각으로 한동안 열심히 연습했지만 몹시 괴로웠던 기억만 납니다. 아름다운 선율을 즐겨보려는 가벼운 생각에 시작한 것을 매우 후회했어요. 음악이란 온몸과 마음을 바치지 않으면 어떤 수준에 갈 수 없다는 것을 깨닫았지만 그렇다고 그만둘 수도 없었어요. 조금만 더 하면 만족할 만한 소리를 낼 수 있다는 유혹이 늘 있었기 때문입니다. 결국 결혼 후 연습하는 소리가 듣기 힘들다는 아내의 불평을 핑계로 그만두었지요. 고통스러운 기억밖에 없지만 한동안 악기 하나를 해보려고 노력한 경험은 후회하지 않아요. 다른 분들의 연주를 들으면서 그런 소리가 저절로 쉽게 나오는 것이 아니라는 것을 이해할 수 있었기 때문입니다.

노래하는 것, 듣는 것 모두 좋아해요. 일본 사람들이 '엔카'라고 부르는 트로트도 즐거워요. 1970~80년대 운동권 노래들도 정말 좋았어요. 정치의식으로 그렇게 힘과 의미가 담긴 노래를 할 수 있다는 것도 새로운 발견이었어요. 현진은 판소리를 즐겨 듣는지요. 저는 아주 즐겨 들어요. 언젠가 판소리에 관해 짧은 글을 쓴 일이 있어요. 고수 하나에 의지해 몇 시간 걸리는 소리를 완창하는 분들을 보면 감탄하지 않을 수 없어요. 세계적으로 자랑할 만한 우리 민족의 문화유산이지요. 특히 전통 방식은 일방적인 공연이 아니라 관객들과 호흡을 맞춰가며 쌍방 혹은 다방적인 교류 속에서 진행되는데 신통하기까지 합니다. 유감스러운 것은 이 훌륭한 예술을 세계 무대에 내놓아 제대로 평가받고 함께 감상하기가 힘들다는 것입니다.

판소리 무대가 중국인 경우가 많은 것도 관심을 끕니다. 〈적벽가〉 같은 것은 원전인《삼국지연의》의 경지를 훨씬 벗어나는 인간 드라마입니다.《삼국지연의》에는 주로 출중한 인물들을 중심으로 이야기가 전개됩니다. 수많은 병졸들의 사연들은 사상되어버리고 말지요. 그러나 〈적벽가〉는 병사들은 병사들대로 장수들은 장수들대로 그들의 활동이나 애환과 정서 등이 마치 눈앞에 펼쳐지는 것 같은 감을 느낍니다. 늘 되풀이해 들어도 항상 새로운 감동을 느낍니다. 때때로 판소리 가사를 외국어로 어떻게 번역해야 하는가 하는 고민 아닌 고민도 합니다.

노래 이야기가 나온 김에 조금 다른 이야기를 할게요. 현진은 좋아하는 찬송가가 있나요? 저는 천주교 성가책에 실린 〈주 하느님 크시도다〉를 즐겨 불러요. 젊은이들이 부르는 찬송가 중에도 좋은 것들이 많더군요. 이런 노래들을 듣고 있자면 잠시라도 세상에 처음과 끝이 있고 변하지 않는 질서가 있다는 느낌이 들어요. 이런 생각은 물론 곧 흔들리지만…. 어쨌건 기독교는 우리 민족과 특별한 관계가 되었어요.

근대에 서양과 만난 여러 민족 가운데 서양의 두 가지 메시지를 모두 소화한 민족은 한국이 유일하지 않은가 생각합니다. 두 가지 메시지란, 기독교와 근대성입니다. 이 두 가지는 서로 상충하기 쉬운 것인데도 한국에서는 상호 간에 상승 작용을 한 것 같습니다. 그러기에 더욱 신통하다는 생각을 합니다. 한국은 선교사를 기다리지 않고 먼저 신앙을 받아들인 유일한 사례 아닌가 싶어요. 이런 일들이 그저 모두 우연이었는지 가끔 생각합니다.

노래 이야기로 돌아가볼까요. 제가 아는 사람 중에 필리핀에서 교육부 장관을 한 분이 있어요. 그분과 만나 이런저런 이야기를 하다가 화제가 두 나라를 비교하는 데 미쳤어요. 두 나라 모두 서양과 깊은 관련이 있고 기독교를 받아들였지요. 제가 한국에는 다른 나라에 없는 찬송가가 많다는 이야기를 하면서 그 예로 "삼천리강산 금수강산 … 일하러 가세 일하러 가"와 같은 찬송가를 소개해주었지요. 그분은 몹시 관심을 가지면서 왜 자기 나라에는 그런 찬송가가 없는지 여러 차례 이야기했어요. 그 찬송가 악보와 영문 번역을 구하고 싶어 해서 후일 보내주었지요.

요즘은 교회에서 이런 찬송가 잘 안 하지요? 어째서 우리나라에서는 신앙이 일하려는 의욕이 되었는지 생각해본 일 있습니까? 기독교의 본산지라 할 수 있는 유럽에 가보면 이교도의 땅이라고 생각할 정도로 교회도 기독교 신앙도 부진한 상태입니다. 유독 한국에서 교회가 그렇게 잘 되는(!), 심지어 기업인들이 부러워할 정도로 융성(!)하는 걸 어떻게 설명해야 할지…. 물론 사회학자들은 근대화 과정의 불안정한 상황이나, 한국인들의 성취욕과 기복 종교의 결부 등으로 설명하지요. 그러나 잘 납득이 가지 않아요. 예를 들어 왜 비슷한 상황의 다른 지역에서는 이런 현상이 없는지요?

끝으로 다시 한 번 저에 관해 늘 관대한 평을 해주어서 한편으로 감사하고 다른 한편으로 마음에 걸립니다. 저는 스스로 생각해도 그렇게 균형 있고 신중한 사람이 못 됩니다. 선친은 저에게 가끔 너무 말이 많고 웃음이 많다고 질책 섞인 평을 하셨어요. 충무공은 말과 웃음이 적었다는 예를 들면서, "치인이 다소癡人 多笑"라 하시던 기억이 납니다. 특히 세 가지 문제에 관해 자기를 자랑하지 말라는 말씀이 기억나요. 스스로 건강하다는 자랑, 자기 머리가 좋고 박식하다는 자랑, 자신이 도덕적이라는 자랑. "그러면 자랑할 것이 하나도 없겠네요?" 하고 물었더니, 그러게 자기 자랑을 하면 안 된다고 말씀하셨어요. 그런 말씀을 듣고 자랐지만 아직도 말과 웃음이 너무 많고 은근히 자기 자랑도 잘 하고 지냅니다. 언젠가 말로의 자서전 이야기를 했지요. 나이를 먹어도 어른이 되는 사람은 없다는 이야기 말입니다.

추신. 앞으로는 여러 가지 문제에 관해 현진의 생각도 듣고 배우고 싶습니다. 문제 제기만 하지 말고 자기 의견도 들려주십시오.

참, 현진을 사랑한다는 청년의 이야기 말인데요. 그저 사랑한다는 말만 하지 않고 부양까지 하겠다는 것은 적어도 현실적인 책임감은 있는 분입니다. 무턱대고 사랑한다는 말만 하는 사람보다는 긍정적인 자세입니다. 유명한 이야기지만 《자본론》을 쓴 마르크스도 자기 딸에게 구혼하는 청년에게는 엄하게 가족을 부양할 능력이 있는지 따져 물었다더군요.

　마지막으로 저의 세대 노인들에 대한 의견이 마음에 걸립니다. 우선은 우리 현대사의 심한 굴곡들 속에서 살아온 분들입니다. 든든하다고 믿었던 것들이 쉽게 허물어져 그 허상들이 노출되는 모습들을 보고 겪으며 지냈지요. 전쟁이 휩쓸고 지나간 물리적·정신적 폐허를 딛고, 엄청나게 빠른 변화에 자꾸만 뒤떨어지면서 떠밀리듯 살아들 왔습니다. 조금은 이해하는 마음으로 대해주면 어떻겠습니까?

어떻게든 위로, 더 위로

선.생.님.께

무조건 '아유, 팍팍한 노인네들!'이라고 생각했던 저의 경박함이 부끄럽습니다. 사실 그분들이 일하고 고생해서 오늘날 한국이 이만큼 살 만해졌는데, 좀 까진 여자애들을 대하는 그분들의 태도가 평소에 워낙 까칠해서, 특히 태도가 불량한 저로서는 하도 여러 번 혼나 그런 것이라고 너그럽게 봐주세요.

찰스 왕세자와 다이애나 비를 만나보신 적도 있군요. 저는 너무 어릴 때라 모릅니다만 꽃 스무 살의 아름다운 신부는 온 국민의 사랑을 받았다고 하죠. 하지만 끝내 그들 기준으로 사랑의 완성을 이루고야 만 카밀라 부인과의 관계 때문에 다이애나 비가 얼마나 고통을 받았을지 먼 타국의 저도 동정이 갑니다. 그렇기 때문에 영국 사람들이 유치원 교사였던 순수한 아가씨가 한참 나이 많은 신랑 때문에 가슴앓이하는 것에 더 동정하지 않았을까요? 이후 지뢰 제거라든가, 나병 환자의 손을 잡는다든가 하는 식으로 여러 사회 활동을 했다고 알고 있습니다. 로열 패밀리로서 얼마든지 화려한 생활만 할 수 있는데 그런 활동을 한 것은 존경할 만하다고 생각합니다. 선생님이 보시기에는 그 모든 것이 매스컴이 한 것이고 결국 그녀를 죽인 것도 매스컴이라 보실 수도 있겠지만, 다이애나 비가 죽었을 때 수많은 여성들이 그녀를 애도하러 궁전에 모였다고 하죠. 영화로도 나온 유명한 소설 《브리짓 존스의 일기》에서 주인공 브리짓이 다이애나를 추도하러 가는 장면이 기억납니다.

저는 아버지가 목사였기 때문에 그런지, 어째서 이렇게 한국에서 청교도적인 태도가 위세를 떨치는가에 대해 오랫동안 생각해봤습니다. 먼저 보내신 서신에서 왜 하필 한국 기독교가 '일하자'라는 의욕과 결부되느냐고 하셨지요. 저보다 선생님께서 훨씬 더 잘 아시리라 믿습니다만 한국전쟁 직후 파괴된 사회를 재건하는 데 청교도 정신은 아주 잘 어울리는 것이 아니었을까 하고 짧은 머리로 생각해봅니다. "허락하신 새 땅에 들어가려면 맘에 준비 다하여 힘써 일하세, 여호수아 본받아 앞으로 가세" "새벽부터 우리 … 씨를 뿌려봅시다" 같은 찬송들이 많이 있다는 것을 어렸을 때부터 알았습니다. 한국의 경제성장과 기독교의 세를 불리는(?) 작업은 상당히 연관이 있다고 보는데요. 선친께서 속하셨던 기독교 단체는 예수교장로회 합동 측이라는 곳입니다. 다른 교파들은 노회 차원에서 작은 교회에 도움을 주기도 하는데, 이곳은 이런 것이 결코 없는 절대적인 '개교회주의'입니다. 완전히 자본주의 사회지요. 약한 교회는 가차 없이 사라지고, 큰 교회는 갈수록 더 커지는 것이 미덕이고 칭송받는 일이 됩니다. 조그마한 교회는 부끄러움을 받아야만 하고요.

성당은 사제의 개인 재산이 없고 교회에서 돌봐주지만, 개신교회는 기업과 너무나 닮아 있습니다. 또한 물질적 축복이야말로 하느님께서 주실 수 있는 가장 큰 축복이라는 생각이 팽배해 있지요. 개신교에는 '고지론'이라는 것이 있습니다. 한마디로 고지에 서야 한다는 것이지요. 어떤 뜻이냐면, 사장이 전도할 때 그 전도가 더 효과가 있겠느냐, 회사 청소부가 전도할 때 더 효과가 있겠느냐, 하는 것입니다. 그래서 진정한 그리스도인이라면 출세해서 세상에 아주 많이 영향을 미칠 수 있는 사람이 되어야 한다는 것입니다. 80~90년대에는 이런 생각이 주류였고, 지금도 대다수 교회가 그렇게 생각하고 있는 것으로 보입니다.

저희 교회는 아버지가 돌아가시면서 무너졌어요. 저희 아버지에게 는 그렇게 지열하게 싸워나가야 하는, 한 동네만 해도 작은 교회가 여 남은 개가 넘는 현실에서 버텨낼 수 있는 기업가적 정신이 없으셨기 때 문에 살아 계셨더라도 결국 잘 되지 않았을 거예요. 조금 더 냉소적으 로 생각해보면, 교인이 일을 많이 하고 출세를 많이 해야 교회에 헌금 을 많이 하겠지요. 성공하고 승진하면 감사헌금을 하고, 그럴수록 교회 에서 더 영향력 있는 교인이 되어 떵떵거릴 수 있게 되고요. 그러니 교 회의 '일하자'라는 분위기와 어찌 관련이 없을 수 있을까요. 개신교인 으로서 껄끄러운 이야기입니다만, 교회가 기업화되었기 때문에 신도 들에게서 돈을 짜내는 기술이 갈수록 고도화되고 있다는 것은 좀 매운 소리지만 사실이라는 생각이 듭니다.

저는 음악 취향이 참 편협해서 카펜터스와 비틀즈 그리고 조용필밖 에 듣지 않습니다. 참 고루하지요? 이들의 앨범만 해도 들을 만한 게 너 무 많아서도 그렇고, 제가 음악을 별로 즐기는 편이 못 됩니다. 선생님 께 언제 판소리에 대한 설명을 들을 수 있으면 좋겠습니다.

그런데 얼마 전 "우리나라의 앞날은 십 년 후 필리핀처럼 될 것이다" 라는 글을 봤습니다. 지금처럼 자기계발로 역량을 높여 어떻게든 위로 올라가려는 시대는 지금이 마지막이고, 결국 계급이 고착화될 것이라는 예상이었습니다. 그 글을 읽고 선생님께 질문을 드리고 싶었습니다. 사실 저도 이제 우리나라의 '계급'은 완전히 고착화된 게 아닌가 하는 생각이 들거든요. 사교육 문제도 그렇고 개천에서 용이 나는 시대는 이제 저물어버리지 않았나 싶습니다. "첫 끗발이 개 끗발"이라는 좀 천한 소리까지 동원하자면, 우리나라에서는 어떤 대학을 가느냐가 그 사람 인생 절반 정도는 결정해버리는 것 같아요. 저도 중소기업을 다녀봤지만 그 패배감에 젖은 분위기를 떠올려보면 지금도 기분이 꺼림칙합니다. 10퍼센트 정도의 성공한 사람들을 빼면 지금 우리나라 사람들은 모두 패배감에 젖어 있는 듯한 기분이 듭니다.

신기한 게 말이죠, 옛날에는 공부 잘하는 애들이 못생기기라도 했잖아요? 이미 서울대 입학생의 40퍼센트 이상이 강남 3구 학생들로 채워진 지 오래라고 하는데, 이른바 잘나가는 대학의 학생들이 이제는 얼굴도 잘생기고 예쁘고, 부르디외가 말하는 문화자본 때문인지 교양도 있어요. 곱게 자랐기 때문에 심지어 성격까지 좋답니다! 정말 우리나라 사람들도 필리핀 사람들처럼 돈을 벌기 위해 외국으로 나가거나, 심지어 여성들은 자기 몸을 자본으로 활용하는 그런 앞날이 올까요? 세월호 사건 등을 보면 돈 없는 보통 사람들이 얼마나 힘이 없는지 너무 생생하게 드러나서 이 디스토피아적 상상이 현실이 될 것 같은 생각이 듭니다. 신생님께서는 한국의 앞날을 어떻게 신난하십니까?

추신. 마르크스도 그런 질문을 했다니 일단 부양하려는 태도를 좋게
비줘아 할 것 같은 생가이 드네요. 역시 저이 라쎈!

세상을 사는 방식

현.진.에.게

화제가 엉뚱하게 영국 왕실로 갔군요. 동경에서 근무할 때 어떤 외국 기자가 사석에서 영국 왕실과 일본 황실을 비교해달라며 물어본 일이 있습니다. 이들이 각기 자기 나라에서 갖는 위상과 역할이 유사한 것 같지 않느냐고요. 분위기도 그렇고 대화 자체도 무거운 편은 아니었어요. 저는 별 생각 없이 매우 다르다고 답했습니다. 영국 왕실은 미국 할리우드와 비슷하지 않느냐고요. 말하자면 국민과의 관계가 더 가깝다고 할까. 영국 왕실은 스캔들을 포함해 국민들에게 가벼운 이야깃거리를 제공해주는 역할이 가장 눈에 띄는 편인 반면, 일본 황실은 분위기가 훨씬 무겁고 국민들을 각자 자기 자리에 머물게 하는 역할인 것 같다고 했습니다. 국민과 거리감이 큰 차이 같다는 이야기였어요.

일본 황실에는 다이애나 비 같은 예를 찾아보기 힘들지 않겠습니까? 다이애나 비는 결혼 생활이 불행했다지만 그렇다고 수동적으로 혼자서 고통을 참고 지낸 분은 아니었어요. 나름대로 자신의 즐거움을 화려하다고 할 만큼 적극적으로 추구했지요. 그분 사후에 숨어 있던 정인이 나타나 사업 자금을 마련하기 위해 다이애나 비에게 받은 사적인 편지들을 경매하겠다고 해서 다시 한 번 사람들에게 즐거운(?) 화제를 던져준 일도 기억납니다. 그분 생전에 자선 행사에 많이 출연한 것도 별로 좋게 보지 않은 것은, 그런 활동이 저명인사의 이벤트성 활동이었던 것으로 보였기 때문입니다. 나쁘게 말하자면 그런 행사를 계획하는 사람들과 서로 이용하고 이용당하는 것이었지, 자신의 즐거움이나 이해를 희생하고 어려운 처지의 사람들을 돕는 이타적인 활동은 아닌 것으로 생각했지요. 그러나 그분 사후 많은 사람들이 그분을 특별하게 추모하는 것을 보고 내 생각과는 다른 어떤 면이 있을 수 있겠다는 생각도 들었습니다.

일본 황실 사람들은 공적 위상을 위해 자신의 개인적 즐거움은 희생할 준비가 되어 있는 편이겠지요. 오히려 그런 역할에서 보람을 느낄 수도 있겠고요. 현진은 어느 편이 더 마음에 당기십니까?

　현진의 글에서 '개교회주의'라는 말을 처음 접했어요. 대략 무슨 뜻인지 짐작이 갑니다만. 이런 현상은 19세기 무렵 미국을 여행한 유럽 사람들에게도 충격이었지요. 교구제parish system에 익숙해 있던 유럽인들에게 미국에서는 교회도 목회자의 역량에 따라 기업처럼 번영할 수도 혹은 쇠락해서 망해버릴 수도 있다는 것이 놀라운 일이었을 것입니다. 그러나 이런 사실은 교회에만 국한된 것이 아니고 사회 전반에 펴져 있는 것이었습니다. 예를 들어 넉넉한 기부금 자산endowment을 기반으로 특수한 계층을 중심으로 여유 있게 운영되는 대학에 익숙한 유럽 사람들에게 미국에서는 대학도 파산할 수 있다는 것은 신기한 일이었겠지요. 헤겔은 미국이 제대로 된 국가가 아니라 시민 사회 단계에 있는 것으로 생각했는데, 아마도 이런 상황을 생각하면 이해가 빠를지 모르겠습니다. 우리에게 '~의 모험' 등 아동문학 작품으로만 알려진 마크 트윈의 저술들을 보면 미국 사회의 이런 일면에 관한 비판적인 묘사를 볼 수 있어요. 그런데도 분위기가 비관적이거나 우울하지 않고 오히려 밝고 명랑한 것이 특이하게 느껴집니다.

　여하간 교회가 한국에서 전쟁 기간에 그리고 그 이후에 크게 번창한 것은 사실입니다. 현진이 지적한 것 말고도 다른 여러 설명들이 있겠지요. 한국전쟁 중에 미국이 중심이 된 이른바 서방 측이 우리보다 더 큰 역할을 한 것과도 관련이 되지 않나 싶습니다. 한국전쟁은 아마도 우리의 오랜 역사를 통해 비록 타율적이지만 한국이 처음으로 세계 정치 무대의 중심에 서게 된 첫 번째 경우가 아닌가 합니다. 당연한 일이었겠지만 미국의 역할은 전투 행위에만 국한된 것이 아니었지요. 전쟁 중 선교 활동이 활발하게 이뤄진 것은 자연스러운 일이었어요.

그러나 현진도 잘 알겠지만 기독교와 한국의 깊은 인연은 한국전쟁이 그 시작은 아니지 않습니까? 근대적인 각성, 특히 일제강점기를 통해 한국 민족주의와 깊은 인연이 있었습니다. 평소 신통치 않게 보던 이민족의 통치 밑에서 고통당하면서 기독교는 큰 구원이었다고 생각합니다. 일제 치하에서 물질적인 어려움이나 정치적인 박탈도 견디기 어려웠겠지만 그 못지않게 어려웠던 것이 자신을, 그리고 자신의 '세계'를 찾는 것이었겠지요. 그런 상황에서 이스라엘의 고난의 역사와 현세적인 구원의 약속이 우리 민족에게 큰 희망이었다고 생각합니다. 선각적인 의식을 가진 분들이 기독교에서 '대일본 제국'에 대한 다른 '세계'를 찾았다고 생각하지 않습니까?

미국에 있을 때 안이숙 집사님을 몇 차례 만난 일이 있습니다. 그저 만난 것이 아니라 주로 학문적인 관심 때문이었어요. 특별히 사적으로 친해진 건 아니지만 그분과의 대담 중에 감동을 느낀 일들이 있어요.

그분은 우선 자기가 기독교인이 된 전후 사정을 이야기해주셨어요. 자신의 자전적 저술에서 이미 밝힌 바 있지만, 그분의 사회의식은 집안 환경에서부터 시작된 구체적인 현실 인식과 반항으로부터 시작되었더군요. 집안에 기생첩을 끌어들이는 등의 봉건적인 유습에 대한 반발과 반항으로 처음 관심을 갖게 된 것이 마르크시즘이었다고 합니다. 그러던 어느 날 기독교 복음을 접하고 깊은 신앙의 길로 인도되었다고요. 이런 것은 안 집사님 한 분에 국한된 것이 아니고 일제강점기 지식인들의 한 유형을 보여주는 것이 아닐까요.

반봉건, 반제국주의 반응의 큰 갈림길이 마르크시즘 아니면 기독교가 아니었나 싶습니다. 그분은 웃으시면서 기독교 신앙은 자신에게 현실적으로도 큰 축복이었다는 말씀도 하셨어요. 자기가 공산주의에 그대로 빠졌더라면 일신상의 어려움은 차치하고도 그렇게 큰 희망을 가졌던 것에 대한 실망과 환멸의 비참함을 어떻게 감당할 수 있었겠는가 하는 말씀이었지요. 그러고는 일제 말기 신사참배 강요 등의 문제로 일본 정부의 방침을 정면으로 반대하는 운동을 하다가 감옥에 갇혔던 이야기도 했습니다. 이 사건에 관한 이야기는 저술에 잘 나와 있어서 여기서 길게 언급할 필요가 없겠지요. 그러나 한 가지 오싹할 정도로 기억에 남는 말씀이 있었어요. 감옥에서 취조받을 때 취조관이 기독교와 예수님에 관해 비하하고 조롱했는데, 안 집사님은 격분하셔서 일본은 반드시 망할 것이라고 말씀하셨다 해요. 그리고 그날 밤 일본 열도에 불의 비가 쏟아지는 환영을 봤다고 합니다. 그 후에 일본에서 일어난 일들을 생각해보면 특별한 느낌이 납니다.

한국은 짧은 기간 중 많은 '세계'의 부침을 경험했지요. 그렇게 거대하고 움직일 수 없는 진리와 희망 같은 '세계'들이 쉽게 무너지고, 새로운 '세계'가 등장하지만 이것도 오래가지 못하는 것을 그 속에 살면서 봤어요. 그렇게 엄청나던 '중화 세계'가 맥도 없이 무너지고, '대일본제국'의 세계와 함께 '제3제국 세계'가 도래했지요. 지나고 나서 생각해보면 그런 일도 있었는가 싶은 허망한 느낌뿐이지만 당시로는 거의 움직일 수 없는 큰 질서였어요.

작은 예를 하나 들까요. 요즘은 거의 사라져가는 것이지만 오랫동안 우리나라 여자들의 이름은 '자子'로 끝나는 경우가 많았어요. 무의식중에 일본에 동화된 게 아닌가 합니다. 아마도 예전 여자들이 제대로 된 이름이 없었던 것과 관련이 있는지도 모르겠어요. 이야기가 옆길로 빠졌지만 어떤 세력의 영향을 볼 수 있는 증거 하나가 사람들의 이름입니다. 예를 들어 기독교의 전파와 함께 유럽인들의 이름이 성경을 원전으로 한 경우가 많지 않습니까? 우리의 표준 이름도 아직 대부분 중국식입니다. 재미 작가인 김은국 씨의 다른 이름이 리차드 김Richard Kim이었어요. 그분 작품 중 일제 말 한국인들에게 창씨개명을 강요한 것을 소재로 한 《잃어버린 이름Lost Name》이라는 소설이 있지요. 그 작품이 발표되었을 때 제가 정기적으로 기고하던 영문지에 어째서 김은국 씨의 이름은 리차드인가 하는 칼럼을 쓴 일도 있었고요. 특별히 나쁜 이야기는 아니었고, 사람의 이름이 세력과 영향을 쫓아간다는 내용이었다고 기억합니다.

여하간 일본제국의 세계나 제3제국의 세계도 처참한 파탄으로 끝막음을 했지요. 뒤이어 미국의 세계와 소련의 붉은 세계도 밀어닥쳤어요. 미국의 세계는 여전히 우리와 함께 있습니다만 이미 그런 것이 영원하리라는 환상은 없습니다. 한동안 많은 사람들에게 큰 희망을 주고 헌신적인 희생까지 불러일으켰던 소련의 세계가 그렇게 허망하게 붕괴하는 것을 그리고 그 잔해마저 건질 만한 것 없이 추한 것이라는 현실을 봤기 때문이지요. 같은 차원의 문제는 아닙니다만, 우리에게 아직도 남아 있고 갈구하는 사람들에게 삶의 보람과 희망을 주는 것은 예수님의 세계입니다.

영국에서 근무할 때 특별한 경험을 한 일이 있어요. 일요일에는 늘 집사람과 함께 한인 교회를 하나씩 방문해 예배를 드리고 점심도 함께 먹곤 했지요. 천주교 성당이나 몇몇 소수 교회를 제외하면 주로 영세한 교회들이었고 저희는 주로 가난한 쪽을 다녔어요. 어떤 날도 함께 예배를 드리고 교우들과 이야기를 나누고 있었는데, 그중 한 분이 매일 새벽 기도를 나오신다는 이야기를 들었어요. 그래서 무엇 때문에 그렇게 어려운 일을 하시는가 물었더니 대답이 충격이었습니다. 영국 이민국에 '노동허가'를 신청했는데 그것을 받도록 도와달라는 기도를 한다는 말씀이었습니다. 그 순간 그분의 처지가 훤하게 보이는 것 같았습니다. 저에게는 큰 경험이었습니다. 그분은 아마도 본국에서 매우 어려운 처지여서 낯설고 언어도 잘 통하지 않는 나라에 와 새로운 삶을 살아야 하는 상황이었겠지요. 이 새로운 삶에 '노동허가'는 필수적인 요건이지요. 그분에게 구원이란 바로 그 허가를 받는 것이었지요. 신앙에 관해 여러 생각을 하게 해주는 경험이었고 지금도 가끔 그와 관련된 생각을 합니다. 한번은 조용기 목사님을 만날 기회가 있었는데 그 이야기를 했더니 그분은 당연한 것으로 자연스럽게 받아들이더군요.

조금 가벼운 이야기를 할게요. 영국에는 천주교와 관련한 농담들이 많아요. 한두 가지만 소개할게요. 소련이 붕괴하고 냉전이 막 끝난 시기인데 천주교 신부님과 구소련 공산당원이 만나서 이야기를 나누고 있었대요. 공산당원은 잘 이해가 가지 않는 일이 있다면서 신부님에게 물었답니다. "천주교와 공산당은 모두 천국을 약속했는데, 공산당의 약속은 불과 한 세기도 못 가서 무너졌고 천주교의 약속은 어째서 스무 세기가 지났는데도 그대로인가요?" 신부님은 미소와 함께 이런 답을 했다고 합니다. "어리석은 자야You, fool! 우리는 2,000년 동안 천국을 약속했지만 한 번도 그것을 보여준 일은 없지 않은가?"

또 하나. 유대인 상인이 나이가 들어 어렵게 아들을 하나 얻었대요. 그런데 기쁨도 잠깐, 곧 이 아이가 커서 무엇이 될까 걱정하기 시작했답니다. 고민 끝에 옆집 친구를 찾아가 의논했지만 친구도 좋은 대답이 없었지요. 그래서 두 사람은 랍비rabbi에게 물어보기로 했습니다. 랍비는 선선히 그것은 쉬운 일이라면서 방 안에 성서와 돈 그리고 위스키를 놓아두고 아이를 방에 들여보내 무엇을 집는지 보면 안다는 것입니다. "성서를 집으면 좋은 일이다. 나 같은 성직자가 될 것이다. 돈을 집으면 그것도 좋다. 당신과 같은 상인이 될 것이다. 그런데 위스키를 집으면 문제다. 술을 즐기는 알코올중독자가 될 것이다."

그분은 랍비가 시키는 대로 방 안에 물건들을 차려놓고 아이를 들여보냈는데 아이가 세 가지를 모두 집어 들고 나왔더래요. 또 문제가 생긴 셈이지요. 이 상인은 다시 랍비를 찾아가 사실을 말하고 어떻게 하면 좋은지 의논했습니다. 랍비는 이 말을 듣고는 큰 충격을 받은 듯 한동안 말을 못했다고 합니다. 그러고는 몹시 걱정스러운 표정으로 이것은 문제라고 했어요. 왜냐하면 이 아이가 분명히 천주교 신부Roman Catholic priest가 될 것이기 때문이라는 말이었답니다.

현진은 한국 개신교의 '일하러 가세'라는 유의 찬송가를 주로 교회의 물질주의와 연관해 부정적으로만 생각하는 것 같습니다. 그러나 이런 찬송가들을 한국의 근대화와 관련해 생각해볼 수도 있습니다. 특히 구체적으로는 일제강점기에 일어났던 물산장려운동 정신과 관련이 있다고 믿습니다. 이 분야를 전문적으로 공부해본 일이 없어서 자세한 설명은 할 수 없지만 대체로 저의 생각은 이런 것입니다.

일제의 식민통치에서 벗어나 독립을 추구하는 방식은 사람에 따라 여러 가지였겠지요. 무장투쟁을 통해 일제를 물리치겠다는 사람들도 있었지요. 테러를 통해 우리 민족의 문제를 세계에 알려서 일제를 압박해 독립하겠다는 분들도 있었고, 일부는 외교 활동을 통해 독립운동을 하려 했습니다. 그런데 또다른 일부 인사들은 우리 민족이 스스로 힘을 길러야 독립할 수 있고 독립을 한 뒤에도 나라를 잘 운영해서 발전을 도모할 수 있다고 믿으면서 이 노선을 추구했지요. 대략 안창호, 조만식, 이승훈 같은 분들의 이름이 떠오르는데 실은 저의 선친도 같은 노선을 추구한 분이었어요.

선친은 와세다대학 재학 중 '2·8운동'에 연루되어 일본 경찰에 구금되고 학교를 그만두었지요. 그후 상해에 가서 임시정부 설립에 참여하고 의정원 의원으로 있다가 안도산의 권유로 영국 유학을 갔다고 들었습니다. 우리 민족이 스스로 힘을 길러야 한다는 노선에서 '힘'이라는 것은 여러 가지 함의가 있는 것이었습니다. 무력보다는 도덕적인, 지적인 그리고 경제적인 면 등을 포함하는 것이었지요. 이 운동의 정신적 기반은 기독교였다고 생각합니다. '일하러 가세'와 함께 담배, 술을 끊자고 말하는 찬송가 등은 넓게 봐서 우리 민족의 근대화 노력과 매우 가깝게 관련이 있다고 생각합니다. 한국을 전공하는 잘 알려진 외국 학자 한 분이 한국이 지난 세기 후반에 이룩한 경이로운 경제발전을 언급하면서 이런 업적은 기술이나 자본, 숙련된 노동력 그리고 개신교의 전통 없이도 이뤄졌을 거라는 말을 한 일이 있습니다. 그런데 우리나라 근대에서 기독교의 위상과 영향을 잘 모르고 하신 말씀 같아요.

반면 특히 이즈음 한국 교회에서 일부 우려스러운 현상이 만연한 것도 사실입니다. 교회가 활발하게 긍정적인 역할을 한 것은 오히려 이민족의 식민 통치나 전쟁 같은 어려운 시기였고, 경제적으로 풍요해진 상황에서는 반대로 부정적인 면을 노출한 것이 아닌가 합니다. 함께 생각해봅시다. 이제 사회, 경제, 정치 등 모든 면에서 어느 정도 근대화를 이룬 상황에서 새롭게 대두되는 여러 문제들과 관련해 교회가 할 수 있는, 그리고 해야 하는 역할이 어떤 것인가…. 우선 교회가 좀더 가난해져야 하는 게 아닌가 생각합니다.

미국에 있을 때의 경험인데 한국인 교회들은 열성도 많고 모금도 잘합니다. 처음에는 미국인 교회를 빌려 사용하다가 금새 돈을 모아 그 교회를 사버리든지 아니면 따로 교회를 마련합니다. 그다음부터는 싸움이 시작되어 결국은 따로 살림을 차리는 것을 여러 차례 봤습니다. 교회 내부의 분열과 갈등 요인들에 관한 사례를 수집해 이 주제로 책을 쓴 일도 있습니다. 교회와 관련해 온갖 부정적인 현상들이 많지만, 저는 그래도 신자들이나 지도자들 모두 이런 문제에 관한 인식이 있고,

또 문제 해결을 위해 자정 노력을 기울일 능력이 있다고 믿습니다. 그
뿐 아니라 이머은 격동의 근대화 시기에 교회가 큰 기여를 했던 것처럼
앞으로도 우리 사회에 좋은 역할을 하리라고 기대합니다.

현진이 지적한 또 하나의 문제가 미래에 관한 디스토피아적인 예상
입니다. 저는 크게 비관적이지 않습니다. 주된 근거는 우리 사회가 그
런대로 열려 있고 언로의 활동도 왕성하기 때문입니다. 그렇다고 낙관
하는 것은 아니고 오히려 심각할 정도로 우려하고 있습니다. 현진이 지
적한 바와 같이 이것이 우리나라 교육제도와 밀접하게 연관된 현상이
기 때문에 특히 그러합니다. 영국에서 생활하면서 부정적인 면이라고
느낀 것은 계급이 거의 대물림되고 사회에 체질화되어 있다는 것이었
습니다. 계급에 따라 사용하는 언어도 달라서 몇 마디 말을 주고받아보
면 상대방의 출신 성분을 알 수 있습니다. 이것이 그 나라의 교육제도
와 밀접하게 연관되어 있는 것입니다.

페이비언협회Fabian Society의 일원이기도 했던 그레이엄 월리스는 영
국의 고질적인 병폐인 계급 사회를 개혁하기 위해 여러 가지 노력을 기
울여봤지만 교육제도를 개혁하는 게 가장 어려운 난관이라는 말을 한
일이 있습니다. 우리가 건강한 미래를 구상하면서 경제적인 발전이나
여러 제도의 민주화 그리고 환경 친화적인 정책 등과 함께 매우 긴요하
게 생각해야 하는 것이 교육제도의 개혁인 것 같습니다.

박정희 대통령 당시 고교 평준화 시책을 편 것은 긍정적인 면이 있었지만 이제는 그것이 학군제와 결부되어 교육 불평등을 더욱 조장하는 것 같아요. 현진이 지적한 것과 마찬가지로 이른바 강남 부유층이 사는 곳에 있는 학교가 세칭 일류 대학 진학률이 높고 지방은 저조하다는 것이 문제입니다. 여기에 사교육의 폐해가 이런 왜곡을 더욱 증폭시키지요. 심층 면접 제도도 마찬가지로 현진이 지적한 폐해의 시정책이 되지는 못하는 것 같습니다. 서울대학교는 지방 출신에게 일정 비율을 배정한다고 하지만 전반적인 치유책은 되지 못합니다. 우리 교육의 폐해는 여기에 그치는 것이 아닙니다. 무리를 해서라도 어떻게든 고학력 경력을 쌓아야 하는 현실도 사회적으로 엄청난 부조리를 가져옵니다. 4년간 대학 운영을 맡아 해오면서 무엇인가 열심히 노력했지만 한편으로 절망스러운 참담함을 느낀 일이 많습니다. 가장 절망적인 것은 결국 우리 스스로에게서, 말하자면 넓은 층의 국민들에게서 해결책이 나와야 하는데, 우리 스스로가 바로 문제의 일부분, 아니 어쩌면 가장 큰 원인이라는 점이었습니다.

어느 날 가까운 사람들과 이야기 나누는 사석에서 자조 섞인 농담처럼 이런 말을 한 적 있습니다. "우리나라에서 교육의 폐해를 근본적으로 막기 위해서는 '문벌 위주'의 관행이 부활되어야 할 것 같다. 왜냐하면 근대화의 격동, 식민지와 전쟁 등으로 문벌을 따지는 관행이 없어진 것은 다행이지만, 그 대신 자리 잡은 것이 학벌이기 때문이다." 이웃나라 일본에서 한국에는 이제 백정 같은 천민에 대한 숨겨진 차별이나 그런 의식이 없다고 말하면 살 믿지 않는다고 합니다. 그런데 실제로 그것이 사실이라고 생각합니다. 그런데 문벌에 관련된 열정 대신 학벌이 등장한 것이 아닌가 합니다. 그나마 학벌이 문벌보다는 조금 낫다는 반응도 있었습니다.

20여 년 전에 생각지도 않았던 일로 정당에 가입한 일이 있습니다. 진정한 민주화를 위해 정권 교체가 필요한데, 그것을 위해서는 김대중 총재가 다시 정치 일선에 복귀해 대선에 나가야 한다는 생각 때문이었습니다. 저 자신부터 믿기 어려운 일이어서 기자들도 의아하게 생각했지요. 정당에 들어간 이유를 묻는 기자들에게 세 가지 목표를 이야기했습니다. 우리 사회에 만연한 세 가지 차별을 해소하는 데 기여하고 싶다는 말이었습니다. 첫째가 학벌에 의한 차별, 둘째가 여성에 대한 차별, 그리고 마지막으로 출신 지역에 따른 차별이었습니다. 물론 대선 이후에는 정계를 바로 떠나 주로 공직에 있었습니다만, 솔직히 애초 명분에 별로 기여한 바가 없습니다.

그러나 저는 앞날에 대해 낙관도 하지 않지만 그렇다고 비관하지도 않습니다. 한때 미래학이라는 것이 유행했습니다. 흥미를 끄는 이야기도 많았고 참고가 될 만한 자료도 있었지만 미래에 관한 이야기는 기본적으로 '자료'에 불과하다고 생각합니다. 이 점에 관해 생텍쥐페리가 좋은 경구를 남겼습니다.

미래는 예측하는 것이 아니고 만들어가는 것이다.

변증법적으로 생각한다면 교회 문제도 그렇고, 교육제도나 이와 관련된 사회 계층의 화석화 같은 문제도 지금처럼 심각한 때가 해결을 위한 계기가 만들어지는 순간입니다.

100년의 시각으로 본다면, 20세기 초 우리 민족은 절망적으로 어려운 상황이었습니다. 세계의 여러 민족들과 비교해보면 아마 가장 밑바닥이었다는 평가가 옳을 것입니다. 일본의 통치를 벗어날 희망이 없는 것 같았습니다. 내적으로 일본을 몰아낼 능력이 잠재적으로 넉넉했던 것도 아닙니다. 국제 사회가 우리를 위해 노력해줄 가능성도 없었습니다. 그런데 어느 날 아침 갑자기 해방이 되었습니다. 민족 차원에서 노력이 없었던 것은 아닙니다. 많은 사람들이 독립을 위한 고귀하고 희생적인 노력을 기울였지요. 결국은 우리 힘으로 독립을 쟁취할 수도 있었을 것입니다. 그러나 시간이 훨씬 더 걸렸겠지요.

돌이켜 생각해보면 가장 오싹할 정도로 겁이 나는 가능성이 하나 있어요. 식민 통치가 오래 갔더라면 혹시 유럽의 여러 민족들, 아일랜드나 스코틀랜드 혹은 바스크, 카탈루냐, 웨일스의 경우처럼 우리말을 잃어버렸을 가능성을 생각하게 됩니다. 해방이 되었을 때 우리나라의 문맹률은 78퍼센트였고 영아 사망률은 10.7퍼센트, 초등학교 등록률은 50퍼센트 정도였습니다. 오늘날 문맹률이나 초등학교 등록률은 문제 자체가 되지 않습니다. 영아 사망률은 0.4퍼센트로 미국보다 낮은 것으로 나와 있습니다.

우리가 빠른 시일에 식민 통치를 벗어날 수 있었던 것과 관련해 인간의 역사에서 우리가 잘 이해할 수 없는 어떤 큰 힘의 작용을 봅니까?

일본에서 일할 때의 이야기입니다. 당시 총리인 고이즈미가 자신의 선거 공약을 이행한다고 야스쿠니신사에 참배하는 것 때문에 큰 파장이 일었습니다. 한동안 순항하던 한일 관계도 파탄이 났지요. 혼자 속으로 씁쓰름하게 웃은 일도 있어요. 가까운 일본인 친구들에게는 이런 농담으로 난처하게 만들기도 했어요. "나도 때때로 그 신사에 가서 그곳에 모셔놓은 A급 전범들에게 감사 표시를 하고 싶다. 왜냐하면 이 사람들이 어리석게도 미국과 승산 없는 전쟁을 벌이는 통에 일본 국민은 엄청난 고난을 당했고, 우리도 고통이 심했지만 빠른 시일에 식민 통치를 벗어나 해방이 되었다"라고요. 정치 세계의 역설이라고 할까요.

돌이켜 생각해보면 중국에서 전쟁을 벌이고 있는 것도 어리석은 일이었는데 어떻게 다시 진주만 공격을 생각했을까요. 최근에 나온 저술에서 당시 일본군과 정부 지도자들의 정책 결정 과정을 분석한 것을 봤는데, 믿어지지 않을 정도로 무책임하고 우둔하다고 하지 않을 수 없어요. 군 지도자들 중에 미국과 전쟁을 해 승산이 있다고 생각한 사람은 없었어요. 천황도 매우 부정적이었습니다. 그런데도 아무도 전쟁에 반대하지 못했더군요.

해방이 된 것이나, 마찬가지로 어리석은 전쟁을 치른 뒤 남한이 그렇게 빨리 경제는 물론 정치, 사회 등 여러 면에서 발전을 이룩하리라 예상한 사람은 없었어요. 1950년대 중반 영국의 대표적인 신문 〈타임스 The Times〉 특파원이 "한국에서 민주정치가 가능하리라는 전망은 쓰레기통에서 장미가 피어나리라고 기대하는 것과 같다"는 기사를 쓴 것 기억합니까? 전쟁 뒤 서양 전문가들은 한국이 기껏해야 식량 문제를 자급할 정도가 되면 다행이라는 의견이었지요. 이 문제에 관한 논문을 쓴 일도 있습니다. 제가 미국에서 풀브라이트 교수를 하고 있던 80년대 말에도 미국의 저명한 한국 문제 전문가 한 분이 학회에서 한국에서는 절대로 민주주의가 가능하지 않다고 말해 저와 논쟁을 벌인 일도 있습니다.

우리가 어려운 일들을 잘 헤쳐나왔으니 앞으로도 잘될 것이라는 말이 아닙니다. 앞으로 닥쳐오는 문제들은 어쩌면 이제까지 당면했던 문제들보다 결코 쉽지 않은 것일지 모릅니다. 그러나 적어도 우리가 이런 문제들을 불합리한 장애 없이 해결하려는 노력을 기울일 수 있는 여건은 마련되어 있다고 여깁니다. 그러기 위해서는 우리 모두 공동의 공적인 사인에 관심을 갖고 참여할 준비가 되어 있어야 합니다. 막하자면 사적인 존재에만 안주하지 말고 공적인 인간으로서 함께 참여하고 함께 노력할 준비를 갖춰야 합니다.

저는 현실 정치에 전혀 관심이 없었지만 1992년 선거에서 김대중 후보가 패배해 정계 은퇴를 선언했을 때는 가만히 있어서는 안 된다고 생각했습니다. 돌이켜보면 처음 생각했던 것보다 너무 깊이 간여하지 않았나 싶기도 합니다. 그렇지만 가만히 있기보다 참여했던 것이 더 잘한 일이었다고 생각합니다. 끝으로 리처드 세넷의 《공인의 몰락The Fall of Public Man》에서 한 구절을 인용합니다.

자기 자신에게만 집착해 있는 사람은 모든 다른 사람의 운명에는 관심이 없는 이방인같이 행동한다. 그의 자식들, 좋은 친구들이 그에게는 전체 인류나 마찬가지다. 주변에 있는 동료 시민들과 함께 섞여 살지만 그들을 보지는 못한다. 다른 사람과 육체적 접촉을 할지라도 그들을 느끼지는 않는다. 그는 자기 자신 안에서만, 자기 자신을 위해서만 존재한다. 이런 문제들에 관해 자기의 마음속에 가족은 있을지언정 사회에 관한 인식은 없다.

결혼에 관한 노라 에프론의 경구가 있기에 또 보내드립니다.

이혼할 마음이 나지 않을 남자와는 결코 결혼하지 말라

Never marry a man you wouldn't want to be divorced from.

실은 친구 하나가 그런 식으로 결혼하고 이혼 축하 파티까지 했어요.

세상을 사는 방식도 여러 가지지요.

왜 아름다움을 추구할까요?

선.생.님.께

"잘살아 보세"라는 구호와 "일하러 가세"라는 구호가 너무 잘 맞아
떨어지는 바람에 제가 한국 기독교의 청교도적, 혹은 자본주의적 형태
에 대해 너무 물질적으로만 해석했던 것 같습니다. 제 세계의 조그마함
을 통감하면서, 먼저 다이애나 비와 마사코 황태자비가 비극적인 끝을
맞았다 하더라도, 역시 저는 여성으로서 프린세스라는 호칭을 앞에 붙
이고, 여러 나라의 디자이너들이 만든 드레스를 입고, 비록 이벤트라는

비난을 받는다 하더라도 그 자리에 서보고 싶은 세속적인 욕망이 있습니다. 잠깐! 이게 꼭 저만의 생각이라고는 믿지 말아주셔요. 모든 결혼식에서 신부들은 왕관을 쓰지요. 모든 여자들이 한 번이라도 공주가 되어보고 싶은 것이 그런 게 아닐까요?

피겨 스케이트에 재능이 있는 일왕의 손녀가 있었는데 왕족이 그렇게 자신을 드러내는 일을 해서는 안 된다는 엄정한 규율 때문에 결국 하고 싶어 했던 피겨 스케이트를 못하게 되었다는 이야기를 어디선가 들었습니다. 하지만 윌리엄 왕자를 보면 저와 나이가 비슷한 고작 삼십 대인데도 머리카락이 다 빠져서 그 어머니를 닮은 '미모'가 다 사라지지 않았습니까? 그런 것을 본다면 일본이고 영국이고 '왕관을 쓴 자, 그 무게를 견뎌라'라는 말처럼 그저 돈이 좀 있는 집안 자손으로 살아가는 게 편하지 않나 싶습니다.

이건희 씨의 자녀 정도라면 좋겠다고 생각했다가 그 따님 윤형 씨가 스스로 젊은 삶을 마감한 것을 보면 그 삶도 밝지는 않은 것 같고…. 한때 저는 농담으로 "한화 김승연 회장의 딸이 되고 싶다!"라고 외친 적이 있답니다. 그러면 저에게 못되게 군 인간들은 모두 지금쯤 야산에 묻혀 있지 않겠습니까? 하여튼 사회적으로 몹시 허약한 아버지를 두어 모든 것을 제 스스로 해결해나가야만 했던 저로서는 그런 집안의 권력이 몹시 탐이 날 때가 있습니다. 하지만 역시 왕관을 쓴 자는 그 무게를 감당해야겠지요. 그런 집안에서 태어나 누릴 수 있는 특권만큼 집안의 기대를 감당해야 할 텐데, 역시 저는 지금 정도가 제 분수에 맞는 것 같습니다. 누가 보면 실패한 인생이겠지만요.

더 웃기는 것은, 그래서 요즘 외모 관리에 엄청 신경 쓰고 있다는 것입니다. 외모까지 누추해지면 누추한 삶이 더 누추해질 것 같은 생각이 들거든요. 선생님도 제가 약간 통통할 때 보셨지 한창 뚱뚱할 때는 못 보셨는데, 약간 통통할 때도 왜 이렇게 살이 쪘냐고 하셔서, 헤헤, 웃기만 하고 몹시 부끄러웠습니다. 그때는 좌절의 한가운데에 있을 때라 자기 자신을 어떻게 해보고자 하는 의지가 도무지 없었습니다. 이런 저를 봤다면 쓰레기통에서 장미가 필 리 없다는 말이 더 나왔을 거예요! 그 다음 한창 고투한 끝에 선생님을 뵈었을 때 점점 더 고와진다고 말씀하신 것이 꽤나 위로가 되었습니다. 이 자리를 빌려 감사의 말씀을 드립니다. 제가 사람을 워낙 안 만나는 생활을 하고 있기 때문에 그런 칭찬의 말을 얻어들을 기회가 별로 없답니다. 어쨌든 제가 외모를 위해 피부과나 성형외과를 다니는 것은 아니지만, 자외선 차단제를 꼭꼭 챙겨 바르고, 지하철로 예닐곱 정거장 거리는 반드시 걸어 다니고, 헬스클럽(까지 자전거를 타고 오가지요)을 열심히 다니는 등 할 수 있는 한 노력은 다 한답니다. 저녁 5~6시 이후로는 먹지 않고요(이것도 한 소리 하시겠지만, 술을 즐기는 통에 큰 지장이 있답니다). 여자들이 좋아하는 휘핑크림이 담뿍 올라간 커피라든가 주스, 아이스크림이나 과자 같은 군것질도 절대 하지 않고 과일만 먹어요.

선생님, 근데 여자들은 왜 이렇게 아름다움을 추구할까요?

진화심리학에 따르면 아주 간단하겠지요. '수컷들이 더 젊고 아름다운 암컷을 추구하기 때문이다'라고 요약해버리면 할 말이 없지만 그 이상의 뭔가가 있는 것 같은 생각이 들어요. 요즘에는 성형수술이 얼굴에 연고 바르는 것 정도 이상도 이하도 아닌 세상이 되어버렸는데, 세계에서도 한국이 성형수술 강국으로 인정(?)받고 있다는 현실에 대해 어떻게 생각하시나요? 저는 경제 사정상 성형을 받은 일이 없습니다만 만약에 돈이 있었다면 '팔자 주름'을 없애준다는 시술 같은 것은 했을 것 같아요. 아, 선생님, 이 '시술'과 '수술'이라는 단어가 아주 중요하답니다. 연예인들이 텔레비전에 나와서 수술을 받았다는 말은 절대 하지 않지만 시술을 받았다고는 인정하거든요. 그러니까 수술을 하면 자연 미인이 아니라 성형 미인이지만, 시술은 자연 미인을 더 아름답게 만드는 마사지 같은 느낌이라는 것이죠.

저는 전에 외모 때문에 몇 백, 몇 천만 원까지 쓰는 사람들을 별로 좋게 보지는 않았는데(제 친구들 중에는 성형수술을 한 친구가 드물게도 한 명도 없거든요), 제가 외모에 쏟는 노력을 보니, 누구를 욕할 수 있는 입장이 아니구나 싶어요. 저는 건강을 위해 다이어트를 한다 치더라도 지방흡입술을 받을 수 있는 돈 대신 제 시간과 정력을 쏟고 있다는 생각이 들어서요.

게다가 요즘은 '생계형 성형'이라고 할까, 이 시디 시피 요즘 취지하기가 별 따기잖아요? 그래서 면접관에게 호감을 주기 위해 성형수술을 하는 경우도 있다 하더라고요. 이 경우에는 너무 외모에만 신경 쓴다며 욕하기도 뭣하잖아요? 어떻게 해서든 이 회사에 쓸모 있는 인재라는 것을 어필하고 싶은데 부모님에게 물려받은 외모가 너무 부족해서 호감이 떨어진다면 이것은 생계형이라고 할 수 있지 않을까, 그런 생각이 듭니다.

선생님께서는 오래 외국 생활을 해보셨잖아요? 외국 여성들도 우리나라처럼 외모에 신경을 쓰나요? 하긴 다이애나 비도 아름답지 않았다면 그렇게 화려한 삶을 살다 가지 않았겠죠. 우리나라 여성들은 외국 여성들에 비해 굉장히 마른 편일 거라고 생각하는데, 아닌가요? 여성을 비하하는 목적을 가진 남성들이 한국 여성들이 세계에서 가장 화장을 진하게 한다고 말하던데, 그렇게 티가 날 만큼 한국 여성들이 외모에 집착하나요? 그렇다면 도대체 왜 한국 여성들은 외모에 집착하게 됐을까요? 제가 여성이고 외모에 집착하지 않는다고 말할 수 없는 입장인데도 잘 모르겠습니다.

제 나이가 서른셋이니 아마 마흔까지는 외모에 충분히 집착할 것 같은데, 지금 천안에서도 산골짜기에 살면서 외모를 위해 늘 운동을 하고 있으니 흔하게 자기관리라고 정의해버리면 간단하겠지만 어딘가 좀

켕겨요. 도대체 나는 뭘 위해 이렇게 땀 흘리고 있을까요.

이런 농담을 들어보셨는지 모르겠네요. 우리나라 여성의 70퍼센트는 자기가 뚱뚱하다고 생각하고, 우리나라 남성의 70퍼센트는 자기가 잘생겼다고 생각한다고요. 가끔 그런 생각이 들 때가 있어요. 자동차 타이어 같은 뱃살을 두르고서 여자 친구가 안 생긴다고 한탄하는 남자들을 보면 자기 자신을 모르는 건가, 아니면 모르는 척하는 건가, 정말 헷갈린답니다. "나 요즘 살쪘어" 하고 말하는 가냘픈 여자들의 속은 알겠는데, 그렇게 타이어를 배에 두른 남자들의 한탄은 도무지 속을 알수 없어요. 외모에 대해 제가 이렇게 집착한다는 것을 털어놓고 나니 선생님이 그전 편지에 쓰신 "자기 자신에만 집착하는 사람"이 바로 저인 것 같아 부끄럽기만 합니다.

그런 혐의를 피하기 위해서 이번에 방한했던 프란치스코 교황님에 대한 선생님의 생각이 어떤지 듣고 싶습니다. 교황님은 거의 아이돌이라고 농담처럼 말해도 될 만큼 각계각층에서 그분의 방문과 발언에 감동받고, 가톨릭 신자가 대폭 늘었다고 하던데요. 사회를 보는 입장에서, 그리고 가톨릭 신자 입장에서 이번 교황의 행보를 어떻게 보시는지, 또 세월호 정국에서 그 방문이 어떤 역할을 했다고 보시는지 궁금합니다.

아직 여름인데 벌써 날씨는 가을 같습니다. 언제 서울로 한번 찾아뵙고 이야기 나누어요. 늦여름 감기 조심하시고요.

균형은 유지하는 것

현.진.에.게

지난번 답신에서 기독교가(저는 천주교와 개신교 모두 기독교로 불러요) 계속 천당을 약속하면서 2,000년을 유지해왔다는 우스갯소리를 했지요. 유머에 불과한 얘기였지만 어떤 종교가 그렇게 오랜 세월 아직도 세계 곳곳에서 중요한 위치와 영향력을 유지하고 있다면, 눈앞의 현실만 보면서 가볍게 생각하면 안 되지 않겠습니까?

저는 특히 근현대를 통해 기독교와 우리 민족의 관계가 그저 우연한 것만은 아니었다고 생각합니다. 앞에서도 언급했지만 일제강점기 훨씬 이전부터 우리나라 유학자들 중에 천주학을 접하고 천주교인으로서 신앙생활을 시작한 이들이 있었지요. 일제강점기에는 그 시기의 절실한 문제들과 연관해 그리고 해방과 건국 이후에도 전반적으로 매우 긍정적인 역할을 수행했다고 믿습니다. 그뿐 아니라 앞으로 우리 민족이 당면한 여러 문제들, 특히 화해와 화합, 통합, 통일 등과 관련해 중요한 역할을 할 것으로 기대해봅니다.

정부에서 일하면서 간혹 북한을 탈출하거나 혹은 남파되어 공작을 하다가 전향한 분들이 정체성의 혼란 같은 문제로 방황하는 모습을 접했습니다. 그걸 보고 사람이란 그저 육체적, 정감적 혹은 지적인 존재만이 아니고 믿음의 체계로 이루어졌다는 생각을 한 일이 있었습니다. 어떻든 이제까지 본인을 지탱해주던 믿음 체계가 무너지자 한동안 어려움을 겪는 경우를 봤습니다.

우리 정부에서 남한 사회에 대한 적응 교육을 이것저것 하지만 제 경험으로는 종교를 갖게 해주는 것이 가장 효과적이었어요. 구태여 기독교만이 중요한 것은 아니지만 현실적으로 기독교 측에서 가장 적극적이었고, 현실 적응에도 유리한 면이 있었지요. 일단 신앙을 갖고 교회에 나가면 그다음에는 별 문제가 없었습니다. 이것이 시장 적응 교육이나 직업 교육보다 더 중요한 것 같았어요. 신앙을 얻지 못하는 분들 중에는 끝내 새로운 현실에 적응하지 못하고 건강을 해치거나 나쁜 길로 빠지는 경우가 많았습니다. 제가 너무 종교를 현실적인 효용 면에서만 바라보는 모양입니다.

현진이 공주나 왕비 혹은 재벌가 따님이 되었으면 하는 공상을 했다는 것은 소녀 시절 흔히 있는 일이 아닌가 합니다. 예전에 우리나라 민화에 동물들이 사람이 되고 싶어 하는 이야기를 외국 잡지에 기고한 일이 있습니다. 외국에도 이런 이야기는 흔히 있지만 우리나라에는 곰에서부터 여우, 구렁이, 우렁이에 이르기까지 여러 종류의 동물들이 사람이 되고 싶어 하고 또 되기도 합니다. 대부분 끝이 좋지 못하지만요. 그런데 특이한 것이 대부분이 여성이에요. 우리나라 시조인 단군 설화에서부터 시작해 내가 아는 한 모두가 여자로 태어납니다. 여성 쪽이 자신이 아닌 다른 존재가 되고 싶은 욕망이 더 강한 것인지…. 그리고 왕실이든 황실이든 혹은 재벌가든 여성들에게 특히 상상을 자극하는 대상이 되는 모양이지요?

오래전에 읽은 딜런 토머스의 〈밀크우드 아래에서Under Milk Wood〉라는 운문으로 된 라디오 드라마 대본에도 왕실 인물과 비밀 연애를 하는 공상을 즐기는 여인 이야기가 나오지요. 얼마 전 사석에서 우리나라 재벌의 폐해에 관한 이야기가 나왔는데 한편에서 이를 강력히 규제하거나 개혁해야 한다는 주장도 있었어요. 제가 웃는 이야기로 재벌을 없애면 안 된다고 했어요. 이유는 재벌이 없으면 텔레비전 드라마 소재가 메마를 것이라고요.

미용에 관심을 쓰는 건 좋은 일입니다. 외모를 잘 가꾸는 것은 다른 사람들에 대한 예의기도 합니다. 좀 더 크게 이야기하자면 하느님에 대한 의무도 됩니다. 종교적인 시각에서 하느님이 주신 재능을 낭비하는 것과 마찬가지로 자기 모습을 제대로 관리하지 않는 것도 부실한 일이라고 여깁니다. 그런데 술을 즐기면서 그렇게 절제된 생활을 할 수 있습니까? 조금 걱정이 되어서 하는 이야기입니다.

중국 고대 이야기입니다. 순 임금이 지방을 순시하고 있었는데 어떤 사람들이 과일을 썩혀 술을 만들어 대접했다고 합니다. 순 임금은 술맛을 보고 매우 즐거워했다고 합니다. 그러면서도 후일 이것 때문에 나라를 망치는 자가 있을 것이라는 말을 했습니다.

술의 위력을 경험해본 일도 있습니다. 유학 첫해 처음 외국 생활을 해서 그런지 공부도 잘 되지 않고 모든 것이 어려웠지요. 여러 가지로 스트레스가 심했던 때가 있었어요. 그러던 어느 날 저녁 친구들과 어울려 맥주를 한 잔 마셨는데 주변의 모든 것이 달라지는 듯한 느낌이었어요. 전에도 물론 술을 마신 일이 있지만 별다른 느낌 없이 그저 씁쓸한 맛에 머리가 어지럽다는 느낌 정도였지요. 그때를 시작으로 한동안 가끔 술을 즐겼어요. 많이 마신 적도 있었는데, 결국 마시지 않기로 마음을 정했습니다. 즐거운 만큼 자제하기 어렵다는 것을 알게 되었지요. 그리고 술 때문에 기분이 좋아지는 자신에게 실망도 하고 조금 창피하게 생각한 일도 있습니다.

현진의 메일 끝에 늘 들어가 있는 "와신상담 중"이라는 말이 매우 마음을 끕니다. 그런데 "와신상담"과 술을 즐기는 것은 잘 어울리지 않는 것 같습니다. 체중 조절에도 장애가 되지 않나요? 얼핏 예전에 고등학교 국어 교과서에 있던 안톤 슈낙의 《우리를 슬프게 하는 것들Was Traurig Macht》의 한 구절이 생각납니다. "술에 취한 여인"이었던가? 왜 술에 취한 여인이 슬프게 보였는지 잘 모르겠군요. 술에 취한 남자는 슬프지 않고 우스꽝스러울까요? 아니면 무례하거나 위험하기까지 한 것인가요?

한국 여성들만 특히 외모에 마음을 쓴다고 생각하지 않아요. 그렇지만, 저의 편견인지 모르겠지만 다른 나라보다 한국에서 잘생긴 여성들을 더 많이 보는 것 같아요. 우리나라는 성형수술로 국제적인 명성을 얻은 것 같습니다. 중국 길거리에서 흔히 "한국인 의사가 시술한다"는 성형외과 광고를 봅니다. 우리나라의 대 중국 수출 품목 중 하나가 된 것 같습니다. 저 같은 과거 세대 사람에게는 잘 이해도 안 되고 솔직히 별로 좋게 생각되지 않지만 그렇다고 부정적으로만 보이지도 않습니다. 취업이나 혹은 다른 현실적인 동기에서든 아니면 그저 더 아름답게 보이기 위해서든 이것도 한국 사람들의 자기 개선 의욕이 남다른 것에 기인하는 게 아닌가 하는 생각입니다. 대학 진학률이 세계에서 최상위 인 것도, 교회가 그렇게 잘 되고 있고 활발하게 활동하는 것도, 그리고 자살률이 그렇게 높은 것도 같은 원인에서 나오는 게 아닐까요. 의욕이 강한 것만큼 좌절도 크지 않겠습니까?

나폴레옹을 따라 종군한 병사들은 모두 자기 배낭에 원수의 지휘봉 을 지니고 있었다는 이야기가 있습니다. 그만큼 일반인의 의욕도 신분 향상의 기회도 높았다는 것이겠지요. 그러기에 지난번 글에서 현진이 제기한 문제, 우리 사회가 신분에 따라 계층이 고착되고 사회적 이동성 social mobility이 제한되는 '디스토피아적'인 전망에 특히 마음이 쓰입니 다. 이렇게 발전 의욕이 강한 사람들이 현실에서 굳어진 벽을 실감하게 된다면 엄청난 좌절이 되겠지요. 같은 차원에서 비교가 될지 모르지만, 19세기 프랑스에서 나폴레옹이 몰락한 이후 이른바 제2제정 시기에도 이와 유사한 현상이 있었고 이것이 당연히 사회적·정치적 불안정으로 이어졌다고 합니다. 이런 일이 일어나지 않도록 우리 모두가 노력해야 합니다.

프란치스코 교황이 떠나신 다음 저의 가까운 친구이자 독실한 신자 한 분이 페이스북에 '광풍狂風'이 지나갔다고 표현한 것을 봤어요. 이분 은 본인만이 아니라 집안도 대대로 천주교여서 매우 높은 성직자를 배 출하기도 했지요. 특히 그렇기 때문에 이 말이 눈길을 끌었지요. 얼핏 불손하게 들리는 이 표현이 여러 가지 생각을 자아내게 하더군요. 우선 수많은 종교들 중 하나인 어떤 종교 지도자의 방문에 거국적으로 반향이 엄청나게 컸던 것이 다른 종교인들이나 혹은 종교에 관심이 없거나 특히 천주교에 반감이 있는 분들에게는 어떻게 받아들여졌을까요. 티베트의 정신적인 지도자이며 세계적인 현자로 알려진 달라이 라마를 몇 차례 초청하려다 뜻을 이루지 못한 불교계 인사들은 이번 교황 방문 행사를 어떤 심경으로 바라봤을까요.

언론 보도가 양적으로도 압도적이었고 주된 논조도 지나치다는 생각이 들 만큼 우호적이었습니다. 아니 우호적이라기보다 미화했다는 표현이 더 정확한지 모르겠습니다. 개신교 일부 인사들이 교황 반대 집회를 하기도 하고 심지어 천주교는 '적그리스도Anti-Christ'라는 표현까지 썼다는 말도 들었습니다. 그 외에도 이번 행사가 정치적인 의도였다는 일부 비판도 있었다 하더군요. 그렇지만 이런 일들은 거의 주류 언론에 반영되지 못했습니다. 정면으로 공격한 것은 아니지만 삐딱하게 비꼬는 기사가 북한 매체 일부에 난 것을 본 일도 있습니다. 남쪽에서는 별일 아닌 것을 갖고 야단법석도 떤다, 하는 식이었어요. 남과 북 사이의 생각의 차이를 다시 한 번 확인시켜주는 일이었습니다.

교황을 맞이하는 행사들도 문자 그대로 거국적이었지요. 교황 방한이 성사되기까지 정부 차원에서 대통령까지 직접 초청에 나섰다고 합니다. 대통령이 직접 공항에 마중을 나가고, 청와대에서 환영 행사도

하고, 떠날 때에는 총리가 환송을 나갔더군요.

25년 신 교황이 지음 방문했을 때기 기억납니다. 그때도 물론 큰 행사들이 있었지만 이번과는 성격이 매우 다르지 않았나 싶습니다. 오래전 일이어서 확실한 기억은 아니지만 그저 종교적인 행사에 그쳤던 것 같아요. 천주교 신자인 선배 한 분이 교황의 방한과 미사 집전에 무슨 이적이라도 있지 않을까 기대하는 것을 보고 마음이 쓰이던 기억이 납니다. 그런데 이번 방문은 교황 측이나 그분을 맞는 우리들이나 방문의 주된 의미가 종교적인 면보다는 오히려 사회적인 면에 있지 않았나 싶습니다. 대통령께서도 교황 방한이 우리 사회의 갈등을 치유하는 데 도움이 되리라고 생각했었나 봅니다. 그런데 실상 교황께서 하신 말씀이나 행동에는 특이한 것이 별로 없지 않았나 싶습니다. 그분은 이웃에 대한 사랑과 잘못한 이에 대한 용서 그리고 화해의 메시지를 전했지만 이런 말들은 우리에게도 익숙한 것 아니었나요.

남한과 북한 간의 문제에 관해서도 구체적인 지적 없이 무턱대고 서로 용서하고 화해하고 어느 한편이 이기지 말라고 말씀하셨지요. 어떤 분은 교황의 겸손한 자세, 호사스러운 일들을 부러 피하고 될 수 있는 한 일반인과 같이 처신하고 그들과 가까이 하는 것을 높이 평가했어요. 또 어떤 분은 특히 세월호 유족같이 상처받은 분들에게 마음을 기울이는 것에 감동받기도 했습니다. 물론 교황의 이런 언행은 훌륭한 것이라고 생각하지만 그렇게 새로운 것은 아니지 않습니까?

교황의 지위와 권위 그리고 권한은 예수님이 베드로에게 주신 권한에서 나온 것이지요. "또 내가 네게 이르로니 너는 베드로라. 내가 이 반석 위에 내 교회를 세우리니, 음부의 권세가 이기지 못하리라." 성경에 예수님이나 베드로에 관한 말씀들을 보면 로마 교황청의 엄청난 위엄이나 부 그리고 치장들과는 거리가 있는 것 같은 생각을 떨쳐버릴 수 없습니다. 예수님은 말씀을 전하러 떠나는 사도들에게 옷 한 벌 준비하지 말고 입은 옷 그대로 가라고 말씀하셨지요. 성베드로광장에 우뚝 서 있는 오벨리스크나 교황청 궁전을 보고 있자면 결혼도 하기 전에 임신하고 외양간에서 첫 출산의 고통을 겪어야 했던 여인과 그곳에서 태어난 아기에게 왜 구태여 왕실의 호화로운 의상을 입히고 왕관을 씌워야 하는지 그리고 세상의 권력자인 "임금" "모후" 같은 칭호로 불러야 하는지 생각하게 됩니다. 그렇게밖에는 그분들을 숭상하고 높일 방법이 없기 때문일까요?

교황이 조금 작은 차를 타고 비행기 대신 KTX를 이용한다는 것이 그렇게 감격할 만한 일인지 모르겠습니다. 물론 영적인 지도자가 세속적인 사치 같은 폐해들을 개혁하며 스스로를 낮추고 고통받는 사람들에게 가까이 가려는 모습은 계속 호사를 누리는 것보다는 훨씬 훌륭한 일이겠지만요. 제가 하고 싶은 말은 교황이나 교황청에 관한 것이 아니고 바로 우리 자신에 관한 것입니다.

우리가 교황 방문에 그렇게 거국적인 행사를 열고 교황의 일거수일투족에 감동하고 모든 말씀에서 교훈을 새기려 했던 것은 무엇 때문이었을까요. 혹시 우리가 하고 싶은 말을, 우리가 했으면 하는 일들을 높은 권위가 있는 분을 통해 듣고 싶어 했던 것은 아니었는지 모르겠습니다. 그래서 우리 스스로가 할 수 없는 일들, 아니면 우리 말고 상대방이 먼저 하기 바랐던 일들을 다른 분, 모든 사람이 우러러보는 분을 통해 은근히 듣고 싶었던 것은 아니었나 하는 얄팍한 생각도 합니다.

교황께서 4박 5일, 불손하게 들리는 '광풍'을 불러일으키고 떠나신 다음 우리 사회에 어떤 변화가 있습니까? 그 수많은 감동들은 어디로 갔는지요? 아니면 그분이 남긴 감동들이 어딘가에 저장되어 있다가 언젠가 현실로 나타날까요?

얼마 전에 영화 〈명량〉이 그렇게 인기를 얻는 것에 관해 짧은 글을 썼습니다. 우리는 스스로 현실을 직면하고 스스로 자기 처신을 결정하기보다, 어떤 문제에 관해 합의된 처리를 담보할 수 있는 사회적 관행이나 문화 혹은 제도를 생각하기보다, 아직도 어떤 '위대한' 지도자가 나타나서 우리를 이끌어주고 모든 문제에 관해 모든 사람에게 만족스러울 답을 주리라 기대하고 있는 것은 아닌가요. 그보다 더 중요한 것은 그렇게 모든 사람이 만족할 만한 해결은 사람이 모여 사는 어떤 곳이나 어느 때나 가능하지 않을 수 있다는 것을 외면하는 것은 아닙니까? 그보다는 본인들이 감당하기 어려운 혹은 싫은 문제들을 잠시라도 위대한 감동 속에 묻고 잊어버리고 싶어 하는 것은 아닌가요? 그런 유혹 때문에 때로는 이해하기 힘들 정도의 엉터리 지도자가 많은 사람들의 엄청난 숭배와 추종의 대상이 됩니다. 얼마 전 미스터리 속에 막을 내린 어떤 종교(?) 지도자의 예도, 물론 우리나라에만 있는 일은 아닙니다만, 우리에게 특히 자주 있는 현상인지 모릅니다.

마침 교황이 떠난 직후 그 감동이 아직도 지면을 장식하고 있는 한편에서 외지에 크게 뜬 기사는 새삼 새로운 것도 아니지만 역시 충격이었습니다. 남미 도미니카공화국의 바티칸 대사인 대주교가 미성년자 성추행을 습관적으로 저질렀지만 바티칸은 이 사람을 본국으로 소환해 당사국의 처벌을 피하도록 했다는 기사입니다. 교황께서는 이런 일을 포함해 다른 나라의 화해와 용서, 정의의 실현보다 천주교회와 바티칸의 어려운 일들을 먼저 처리해야 하겠지요.

영국 의회에 이런 농담이 있습니다. 아시는 바와 같이 영국 의회는 여야 의원들이 복도를 가운데 두고 서로 마주보고 앉아 있지요. 그만큼 당의 구분이 엄합니다. 언젠가 초선의원 한 분이 상대 당을 향해 "건너편에 앉은 우리의 적our enemy"이라는 표현을 썼대요. 그의 발언이 끝나자 옆에 앉아 있던 다선 의원이 조용히 타이르더랍니다.

"건너편에 앉은 사람들은 당신의 적이 아니고 파트너입니다. 당신의 적은 당신 옆에 앉아 있는 사람들입니다."

우리나라 정치 세계의 일부에서는 아직도 상대방을 파트너라기보다 총체적으로 부정하고 공격해서 말살해야 하는 '적'으로 생각하는 경향이 있습니다. 아마 이런 경향은 일부에 국한되는 것이겠지만 그런 분들이 어떤 경우에는 정국 전반에 미치는 영향이 수적인 세력에 비해 훨씬 더 클 때도 있습니다. 자기만 옳고 상대방의 의견은 일고의 가치도 없다고 생각하는 것은 일반인들의 경험에 비춰보면 미성숙한 사람들의 일반적인 경향입니다. 알베르 까뮈의 말을 소개합니다.

자기가 틀렸을 수도 있다고 생각하는 정당이 나의 정당이다.

언론에 보면 우리 사회나 정치에 관해 그리고 요즘은 특히 군 내부에 관해 부정적인 생각들이 지배적인 것 같습니다. 물론 부정적인 면이 실제로 많이 있겠지요. 가차 없이 개혁의 칼을 휘둘러야 할 일이 곳곳에 있을 것입니다. 그러나 해방 뒤의 혼란과 한국전쟁의 처참함 그리고 가난과 독재의 시기를 경험한 우리 세대에게는 부정적인 면보다는 그 사이에 이룬 개선이, 그렇게 어려운 노력을 통해 이룩한 발전이 더 돋보이는 것이 사실입니다. 선거가 지나고 나면 패배한 후보가 결과에 승복하고 승리한 후보에게 축하의 꽃다발을 보냅니다. 새 세대의 젊은이들에게 이것은 당연한 것으로 보이겠지요. 그러나 이런 일들이 '당연'하게 보일 수 있게 된 것도 수많은 노력과 희생의 결과입니다. 더욱 중요한 것은 많은 희생을 치르고도 이런 정도의 성취도 이루지 못한 나라들이 많다는 사실입니다. 군 내부의 생활도 믿기 어려울 정도로 좋아졌습니다. 매일 사병들의 급식 상황을 가족들에게 알려주는 부대도 있는 것으로 압니다. 저의 학교 학생들이 입영 훈련을 하는 부대를 방학 중 방문한 일이 몇 차례 있습니다. 취사장도 방문해 식단도 점검해봤습니다. 물론 함께 식사도 했지요. 그때마다 달라진 생활환경에 깊은 인상을 받았습니다. 인터넷을 통해 훈련받는 아이의 자세한 정보를 거의 매일 확인할 수도 있습니다.

제가 너무 낙관적인 사람으로 보일지 모르겠습니다. 저는 그렇게 낙관적이지도 않고 더구나 우리나라가 훌륭하다는 생각도 않습니다. 제가 진보이고 발전이라고 생각하는 것 이면에는 구석구석 어려운 일들이 도사리고 있겠지요. 그뿐 아니라 우리 사회를 비판적인 안목으로 날카롭게 바라보고, 그 내부의 부정적인 면을 파헤치는 것도 훌륭한 일이라고 생각합니다. 끊임없이 노력해야만 세상이 조금씩이라도 좋아지겠지요. 적어도 "부러울 것이 없다"든지 "아름다운 것만 보라"는 것보다는 좋은 일입니다. 단지 여러 곳에서 여러 가지 일들을 보다 보면 이 세상에 모든 사람이 바라는 대로 모든 것을 실현할 수 있는 일은 없다는 것을 깨닫게 됩니다. 사람들이 자기가 갖고 있는 것, 가족, 친구들,

자기가 사는 세상 등을 우선 귀하게 여기고 부족한 것을 고쳐 나가는 게 좋아 보입니다. 항상 현실에 비판적인 안목을 유지하면서 개혁과 개선을 추구하는 것만큼이나 이미 이뤄놓은 것을 평가하고 보존하는 것도 중요하리라 여깁니다. 그러나 그런 균형을 유지하는 것이 쉽지는 않겠지요.

얼핏 "가난"이란 단어가 떠오릅니다. 19세기 중엽 프루동이《가난의 철학Philosophy of Poverty》이란 책을 썼는데, 마르크스는 이를 비판하는 책,《철학의 빈곤Poverty of Philosophy》을 써서 그를 조롱했지요. 그후 포퍼는 마르크시즘이나 다른 역사주의 이론들을 비판하는《역사주의의 빈곤Poverty of Historicism》이란 책을 쓴 일이 있습니다. 그 책 앞머리에 "역사의 필연이라는 이름 아래 희생된 수많은 사람들에게" 이 책을 증정한다는 헌사가 있습니다.

현진이 "리더(십)의 빈곤Poverty of Leader(ship)"이라는 주제로 책을 써 볼 생각은 없습니까? 혹은 "정치의 빈곤Poverty of Politics"?

싸구려 위안

선.생.님.께

"리더십의 빈곤"이라는 책을 제가 감히 쓸 수 있겠습니까만, 최근에
제가 자주 접하는 어느 교수님의 글에서 '대선 때 한국인이 바라는 것은
리더십을 가진 지도자가 아니라 구원자, 즉 메시아나 영웅이다'는 취지
의 글을 봤습니다. 영화 〈명량〉이 주목받은 것도 사람들이 지도자를 넘
어 자신들을 구원해줄 인재를 정치권에서 찾고 있기 때문이라는 것입니
다. 2012년 영화 〈레미제라블〉이 열풍을 일으킨 것도 거기에 나오는 것

처럼 정의를 위해 싸우는 모습을 그리워하기 때문이라는 말이 많았지요. 이 글을 쓴 교수님은 국민들이 대통령이라는 힌 기관의 인물이 영웅이 되어주기를 바라며 그에게 모든 것을 투사한다고 지적했어요.

교황이 방한하면서 많은 사람들에게 감동을 주었지요. 저는 선생님께서 영 시큰둥하실 것이다, 하고 생각하고 혼자 웃었는데 그 예상이 맞아들어가지 않았나 싶습니다. 교황이 오셔서 하신 말씀들은 지극히 당연한 말들로 우리 사회에 양식 있는 사람들이 늘 하던 이야기였죠. 선생님 말씀대로 방탄차에서 내려 사람들과 좀 가까이 한 걸로 사람들이 감격했습니다. 저는 사람들이 이렇게 '감격할 거리'를 찾고 있다는 생각도 들었습니다. 자기를 투사해서 감격하고 싶고, 울고 싶고, 붙잡고 위로받고 싶은 것이에요. 모든 국민들이! 선생님이 쓰신 《낙동강》에 "서로가 서로를 끔찍이 여겨라"라는 말이 나오는데 우리들은 서로를 끔찍이 여기기는커녕 '끔찍스럽게' 여기면서, 어떤 구원자가 하늘 저편에서부터 찾아와 우리를 영원히 행복한 상태로 만들어주기를 원하는 것 같습니다. 기독교식으로 말하면 하루하루의 성화가 힘든 것인데, 그것이 일시에 이뤄지기를 바라는 것이죠. 기독교인들이 가톨릭을 욕할 때 늘 하는 말이 기독교에는 교황 같은 것이 없는데 가톨릭에는 있어서 왕 노릇 한다고 하지요. 저도 대한예수교장로회 소속 목회자셨던 아버지께 그렇게 배웠습니다. 이번에도 보수 교단에서는 청계천에서 교황 방한에 맞서 '맞불기도회' 같은 것을 열었나 봅니다.

제가 가까이 지내고 있는 어느 선교회 총무 목사님이 계신데요. 그분이 이끌고 있는 선교회는 30년 역사를 지닌 곳으로 북한 선교에 열정을 가지고 있습니다. 당연히 반공적인 분위기 일색인 것은 어쩔 수 없겠습니다만, 지난 겨울 이 선교회에서 연 컨퍼런스에 참석하고 나서 저는 다시는 이쪽 동네 컨퍼런스는 안 가겠다, 하고 마음 먹을 수밖에 없었습니다. '가톨릭이 한국을 집어삼키려는 의도가 있다' '박근혜와 김대중도 그들을 전 세계적으로 은밀히 뒷받침해주는 가톨릭 세력이 있었기 때문에 대통령이 된 것이다.' '프리메이슨과도 굉장한 관계가 있다.' 이런 복덕방에서 할 일 없는 사람들이나 지껄일 법한 이야기를 순박한 신도들이 모여 있는 기도원에서 이야기하니 참 당황스러울 수밖에 없었습니다. 요한 바오로 2세가 예전 한국을 방문했을 때 땅에 입을 맞춘 것 역시 어떤 영적인 주술이라는 것입니다.

그 컨퍼런스의 황당함은 거기에서 끝난 것이 아닙니다. 요즘 변기에 앉아서 소변을 보는 소년들이 많지요(대부분 변기를 더럽히지 않기 위해서입니다). 그런데 그들은 '이 소년들이 모두 동성애자 자질을 지니고 있다. 이 소년들이 동성애자 자질을 지니게 된 것은 에스트로겐 때문이다. 폐경기에 접어든 여성들이 폐경의 고통을 피하려고 에스트로겐을 복용하는데, 이것이 어떠한 경로로 이 소년들에게 흡수되어 여성호르몬이

이 소년들에게 생겨나게 되었다. 그런데 이 중년 여성들은 여자의 실수로 죄가 이 세상에 들어오게 된 죄인이라는 사실이 없다. 여자들은 자신이 죄인이라는 생각으로 그런 호르몬을 복용하지 않아야 한다. 아이를 낳을 때도 자신이 죄인이라는 겸허한 생각을 하며 무통분만 같은 것을 단호히 거부해야 한다'는 취지의 말까지 하더라고요. 저는 여기까지 듣고 이것이 교육받았다는 목사의 생각인지 남녀차별주의자의 헛소리인지 헷갈렸지만 주변에서 "아멘, 아아멘" 하는 소리에 내가 지금 어디 있는지 몽롱해지기까지 했습니다.

그런 사람들이 믿는 하느님이 내가 믿는 하느님과 같은 사람이라면 하느님은 포용력이 넓고 크시다 못해 조금 지나치게 크신 게 아닌가 싶더라고요. 아마 이분들이 교황 방한 반대 맞불 기도회의 주요 세력이었을 겁니다. 세계 종교 화합을 위한 '세계교회협의회WCC, World Council of Churches'라는 행사가 작년 부산에서 열렸을 때도 부산까지 가서 반대 기도회를 열었으니까요. 선생님이 말씀하신 기독교의 파워란 무시할 수 없지만, 이렇게까지 부지런하고 파워 넘칠 필요가 있는가 싶어 저는 가끔 한숨이 푹푹 나온답니다.

'술에 취한 남자' 보다 '술에 취한 여인' 쪽이 서글프다는 생각은 종종 술에 취한 여인이 되는 저로서도 부정할 수가 없는 문구네요. 제 음주 문제를 걱정해주셔서 감사합니다. 예전에는 알코올의존증 치료까지 받았을 정도니까 저와 알코올은 굉장히 조심해야 할 사이인 것은 분명합니다. 그 근원을 거슬러 올라가봤더니 또 기독교가 나오더라고요. 목회자 가정에서 자랐지만 부모님이 기뻐하실 만한 그런 신실한 아이로 자라나지는 못했어요. 피아노를 정말 싫어했는데, 피아노 학원에 계속 보내셨던 이유는 작은 개척교회에서 딸이 피아노 반주를 하고 그 반주로 예배를 인도하고 싶었던 아버지의 꿈이 있었기 때문이었지요. 여자들이 에스트로겐을 복용해서 소년들이 동성애자가 된다는 식의 어거지는 저의 아버지도 비슷하셨지요.

사춘기가 되면서 저는 아버지와 더욱 부딪히기 시작했지요. 결국 저를 예뻐하고 사랑해주셨던 아버지는 저에게 바리새인, 회칠한 무덤 같은 성경에 나오는 '거룩한' 욕설의 강도를 더해가다가 마침내 저를 '마귀'라고 말씀하셨어요. '안찰'이란 게 한국에만 있답니다. 귀신들린 사람을 때려서 마귀를 내쫓는 거예요. 아버지가 저에게 그런 종류의 엑소시즘을 행하시고 제 눈 안에 마귀가 보인다고 말씀하시는 일련의 과정을 겪으면서 저는 이를테면 존재론적 회의에 빠졌어요. 내가 마귀라고? 어떤 사람을 명명할 때 저는 거기에서 마법적 힘이 나온다고 생각합니다만, 제가 마귀라고, 그것도 아버지가, 신의 대리인이라 불리는 목사가 직접 말씀하시니 열 몇 살의 여자애는 너무나 고독해지지 않을 방법이 없었어요.

대학을 남들보다 조금 일찍 들어갔는데 학교에 적응하지 못해 더욱 고독해졌죠. 주로 현실은 저에게 잊고 싶거나 도망치고 싶은 것이 되었어요. 전쟁의 참사나 민주화운동 같은 어려운 현실을 꺾어내신 선생님이 보시기에는 굉장히 하찮고 작은 일로 보일 테고, 저도 제가 나약해 보여서 실망스럽습니다만, 마귀라고 불리다 보니 제 악마성, 죄성Sin-ness, 자기비판, 자기혐오만 계속 늘어나더라고요. 주량도 계속 늘어났던 것 같아요. 간혹 글을 잘 쓴다고 말해주는 사람들이 있더라도 저는 누가 발가벗은 저에게 너는 마귀라고 소리치는 것처럼 여겨져요. 이제 아버지도 돌아가시고 제가 그렇지 않다는 걸 알면서도 신보다는 악마 쪽에 훨씬 가까이 서 있는 저 자신을 보곤 합니다. 인생의 좋지 않은 장면이 생각날 때마다 자꾸만 도망치고 싶었어요. 술로 도망쳐봤자 아무 일도 일어나지 않는다는 걸 알면서도, 그렇게 싸구려 술로 자신을 마취해 고통을 조금이라도 줄여보려는 노력이 자기연민을 불러오니 술을 멀리해야겠다는 생각이 다시금 듭니다.

선생님께서도 술로 기분이 변하는 것을 부끄러워하셨다는 것을 보니 저도 공감이 가요. 술로 싸구려 위안을 찾지 말아야 한다는 것을 알면서도 마음속 고통이 가시처럼 일어나면 가장 빠른 방법으로 술잔을 기울이곤 하지요. 사실 술을 완전히 끊으면 원하는 몸을 갖는 시간이 훨씬 빨라질 텐데요. 선생님 말씀대로 "와신상담"과 술은 어울리지 않아요. 둘 중 하나를 택해야지요.

좀더 많은 이야기를 적고 싶었는데 마귀라고 명명받은 일을 적었더니 마음이 슬퍼져서 오늘은 이만 쓰겠습니다. 그런다고 동네 순대국집으로 한 잔 하러 간다거나 하는 일은 없을 테니 걱정 마셔요. 코스모스가 어느새 피었습니다. 꽃잎 한 장 보내드리고 싶군요.

이해하기 어려운 것을 이해하는 것

현.진.에.게

벌써 열두 번째 답을 하는군요. 술을 끊겠다는 말에 먼저 시선이 그리고 이어서 생각이 갑니다. 쉬운 일이 아닙니다. 특히 여러 가지로 어렵고 괴로운 시기에는 술의 유혹이 더 크겠지요. 즐겨하던 술을 끊는 것만큼이나 실패했을 때 자신에 대한 파괴적인 영향도 미리 생각하기 바랍니다. 금주만큼이나 절제도 어려운 일이더군요. 부시 대통령을 공적으로는 평가하지 않았지만 알코올의존증 경지에서 술을 끊은 것은 대단한 일로, 존경받을 만한 일로 생각했습니다. 영부인의 역할이 결정적이었다는 이야기도 특이하게 생각했지요. 몇 차례 자리를 같이 했지만 다른 사람들에게는 좋은 술을 권하면서도 본인은 알코올이 없는 맥주만 마시더군요. 여하간 "와신상담"이란 말 그대로 스스로에게 어려운 도전을 하는 것은 훌륭한 일이라고 생각합니다.

현진의 글에 자주 나오는 것이 성장기에 받은 상처입니다. 지적으로나 정서적으로 발랄한 소녀가 근본주의적인 신앙에 집착하는 부모님 밑에서 받은 괴로움을 충분히 이해할 수 있습니다. 그렇지만 현진, 정도의 차이가 있을지라도 그런 상처가 없는 사람이 있겠습니까. 문제는 세상의 거의 모든 일에도 그러하겠지만 상처 자체가 아니라 그 상처에 대처하는 것이 더 중요하지 않겠습니까? 행운을 잡고 훌륭하게 성장하는 사람도 봤지만 행운 때문에 자신을 망치는 사람들도 봤습니다. 마찬가지로 상처 때문에 파멸하는 사람들도 있지만 상처 때문에 훌륭한 업적을 남기는 사람들도 있습니다.

마침 서울에서 뭉크의 작품 전시가 있다고 하더군요. 미술을 잘 이해하지는 못하지만 뭉크의 작품들을 보면 감동이 됩니다. 작품 자체의 훌륭한 예술성보다 자신의 불행을 그런 작품으로 만든 인간의 훌륭함 때문입니다. 자신의 경험을 통해 모든 사람의 어려움을 대변해주지 않습니까? 이것을 '유복한' 집안에서 태어나 좋은 환경에서 자란 사람의 빈

말로 생각하지 않아주었으면 합니다. 환경의 차이나 성격의 차이가 있을지라도 마음의 상처 없이 성장기를 지나온 사람이 있을까 생각합니다. 그런 사람이 있다면 그만큼 인생에서 경험이나 인성의 폭이 깊지 못하고 좁지 않을까요.

쑥스럽지만 형제 여섯, 누님 한 분의 집에서 겉으로 봤을 때 무슨 어려움이 있었겠는가 할 수 있겠지만 성장기가 평탄하지만은 않았습니다. 초등학교 때 집을 떠날 결심을 하고 실제로 나간 일도 있습니다. 다른 형제들도 어려움은 마찬가지였겠지요. 단지 차이가 있다면 저는 지난날을 되돌아보며 고통스러웠던 경험들도 귀중하게 생각하고 간혹 혼자 웃기도 합니다. 그렇지만 그런 일들을 아직 마음 아프게 상처로 혹은 원망의 대상으로 생각하는 분들도 있습니다. 자기 상처에만 집착하는 경우 우리 속담에 나오는 곤경에서 벗어나지 못합니다. "못 되면 조상 탓"이던가요?

'배신'을 하는, 그래야 하는 자신의 배우자를 보고 사람에 대한 공감과 사랑을 느낀 처용의 이야기를 이해할 수 있습니까? 아마도 처용은 자기 배우자의 부정과 배신에서 자기 자신을, 그리고 진짜 사람을 발견했는지 모릅니다. 하느님은 에덴동산을 만들면서 뱀도 함께 만드셨고 사람에게 '배신'의 기회, 그 재료까지 마련해주신 것이 아닌가 합니다. 그 뱀의 '유혹(혹은 가르침)'이 없었더라면 사람은 아직도 사람이 아니지 않겠습니까? 말하자면 아직도 하느님의 온갖 선한 배려 속에서 갓 태어난 아기 같은 안락(?)을 누리며 살고 있지 않겠습니까? 하느님은 인간에게 자신이 마련해준 '요람'을 벗어나 스스로 사람의 길을 개척하고 언젠가 자신의 능력으로 에덴에 돌아오기를 바라셨는지 모릅니다. 그러기 위해서는 '뱀'이 있어야 합니다.

부모님이 현진을 '마귀'라고 하셨다는데 하느님의 큰 질서 중에는 '악마'도 없어서는 안 되는 요소입니다. 어떤 종교이건 근본주의적인 입장에 있는 분들이 간혹 생각 못 하는 것이 이것입니다. 상대방을 악마로 규정해버리면 그만큼 자신의 생각과 처신의 폭이 좁아져버립니다. 말하자면 스스로 자기가 적대하는 '악마'에 가까워집니다. 〈욥기〉를 보면 하느님은 악마의 친견을 허용하실 뿐만 아니라 그와 대화를 편하게 하며 도전을 받아들이십니다. 그래서 악마는 악마처럼 행동하고 욥에게는 온갖 고통을 견딜 기회를 줍니다. 그 고통을 통해 신앙과 절대 신의 영광을 증명하지 않습니까? 사람 사회의 '선'과 이른바 완벽한 질서란 대부분 거짓투성이입니다. 앞에서도 언급했지요. '노동자의 천국' '무오류의 전능한 지도자' '천년 제국' 같은 거짓과 모순이 모두 악마의 존재 이유입니다. 누구를 지칭해 악마라고 부르는 순간 자기 내부의 온갖 위선과 모순이 상대방에게 전이되겠지요.

괴테의 《파우스트》 중 한 구절입니다. 자기 앞에 나타난 악마에게 누구인지 정체를 밝히라는 파우스트의 물음에 메피스토펠레스는 이렇게 내뱉힙니다.

> 나는 부정의 영 ··· 항상 악을 지향하지만 또 항상 선을 이루게 하는 그 권능의 일부다Ich bin der Geist, der stets verneint ··· Ein teil jener Kraft, die stets das Boese will und stets das Gute schafft.

김대중 대통령이 야당 지도자였던 시기 저에게 이런 질문을 하셨습니다. 그때 마침 도스토예프스키의 《죄와 벌Prestuplenie I Nakazanie》이야기를 하고 있었어요. 김대중 대표께서는 이렇게 말씀했어요. "러시아는 제정 시대에서 혁명을 거쳐 소련 연방 시기를 겪었고 그후 다시 러시아가 되었지만 국민이 상대적으로라도 자유롭고 안락한 생활을 즐길 수 있는 사회를 이룩하지 못한 것 같다. 아직도 러시아에 가면 모든 것이 비정상적이다. 국민 대부분은 불만에 차서 냉소적이고 불행한 삶을 이끌어가는 것 같다. 아마 알코올 소비량과 중독이 많은 것도 사람들이 불행하기 때문이 아닌가 한다. 그런데 어째서 러시아에서 문학을 비롯해 음악, 미술 등 예술 방면에 그렇게 큰 업적이 나오는가? 현문우답인가?" 어려운 질문에 저는 별 생각 없이 쉬운 답을 했어요. "불행하기 때문에, 자신들의 삶이 그리고 그 삶을 이뤄가는 환경이 부조리하기 때문에 창조적이 되는 것이 아니겠습니까?"

반드시 그렇지는 않겠지요. 사형대에 서서 죽음을 바로 눈앞에 직면하고 있던 순간 황제의 특사로 풀려난 사형수들 중 몇은 그 자리에서 미쳐버렸다고 하더군요. 그런데 도스토예프스키는 미쳐버리는 대신 혁명적인 급진주의자에서 거의 반동적인 보수주의자로 변신해 세계가 주목하는 작가가 되었다고 합니다.

솔직히 현진의 글이 같은 주제를 늘 맴도는 것 같아 마음이 쓰입니다. 선택의 여지가 전혀 없는 불가항력의 상황을 제외한다면 문제는 본인입니다. 그 결과에 대해 본인이 책임질 각오를 해야 합니다.

1950년 겨울 파죽지세로 북진을 거듭하던 UN군과 국군이 한반도의 북쪽에서 중공군에게 참패를 당한 일이 있었지요. 미국으로서는 큰 위기를 맞은 셈이었어요. 모두가 예상하지 못했던 충격에 당황하고 있을 때 조지 케넌이 당시 국무장관이던 애치슨에게 이런 편지를 보냈다고 합니다. "중요한 것은 어떤 상황이 아니고 그 상황에 어떻게 대처하는가입니다."

성장기 근본주의적인 부모님에게서 받은 상처가 아직도 현진에게는 매우 어려운 시련으로 남아 있다는 것을 압니다. 그러나 한 가지 현진이 이야기하지 않는 것이 있습니다. 아니면 그것을 의식하고 있지 못하는 것 아닌가 싶기도 합니다.

현진의 예리한 비판 의식은 그리고 그것을 섬뜩하게 표현할 수 있는 글재주는 어디서 나왔는가 하는 것입니다. 제가 처음 현진의 책을 대했을 때 매우 부러웠습니다. 남들이 예사롭게 볼 수 있는 문제들을 캐어내고 더구나 글을 그렇게 자유자재로 구사할 수 있는 것이 말입니다. 그런 능력은 현진이 허공에서 혼자 얻은 것입니까? 내가 높이 평가하고 부러워하기까지 하는 현재의 현진을 이루고 있는 어떤 자질은 선천적으로나 혹은 후천적으로라도 부모님과는 아무런 관련도 없는 것입니까? 부모님은 현재 현진이 처한 어려움의 원인이고 상처만 주었을 뿐입니까?

가장 근본적인 문제는 자기 자신으로 돌아가는 것입니다. 현진은 케케묵은 이야기로 일축할지도 모르겠습니다. 그러나 새삼스럽게 효孝라는 것에 마음이 갑니다. 저는 외국에서 대사로 일할 때마다 항상 교포 조직에 돈을 기부했습니다. 우리 민족이 살고 있는 외국에서 효의 의미를 잘 생각하고 이를 실천에 옮기는 일을 하는 데 써달라는 뜻에서 그렇게 했습니다.

어느 날 교포 소년들과 만난 자리에서 효도에 관한 이야기를 하고 있었습니다. 이야기 중에 한 사람이 손을 들더니 자기는 늘 기숙사에 살고 있어서 부모님을 모실 기회가 없을 뿐 아니라 어쩌다 집에 가도 부모님이 바쁘셔서 만날 수 있는 시간이 많지 않아 효도하기가 어렵다고 했습니다. 저는 효도란 궁극적으로 부모님에게 잘해드리라는 것이 아니라 자기에게 충실하는 것이라고 답했습니다. 예를 들어 마약이나 음주 같은 나쁜 습관에만 빠지지 않아도 효도하는 것이라고 말해주었지요.

효의 근본은 자기 자신의 존재에 관한 큰 긍정이라고 생각합니다. 종교적으로는 하느님에게까지 이르겠지요. 그러나 현세에서는 우선 생명을 주신 부모님에게 감사하고 부모님에게서 물려받은 자신을 귀하게 여기는 것이 효도의 근본이라고 생각합니다. 자신의 존재에 관한 큰 긍정 없이는 이 세상 모든 것이 의미가 없다고 생각합니다. 그 근본에 효가 그리고 기독교인이라면 신앙이 있다고 믿습니다.

현진이 자주 지적하는 것은 현실의 어려움, 특히 젊은 세대들의 현실적인 어려움입니다. 이것은 올바른 지적이고 해결을 위해 함께 노력해야 합니다. 여기에 우리가 정치에 관심을 기울여야 하는 이유가 있습니다. 빈부의 격차나 젊은이들에게 자아실현의 기회를 주는 직장 문제는 오늘날 거의 전 세계적인 현상입니다. 선진국에서는 물론이고 개발도상국에서도 마찬가지입니다. 역설적이게도 공식 이념이 사회주의인 나라들에서도 빈부격차가 심한 현실입니다. 노동자의 천국이라고 알려진 북한에서도 일부 부유층은 현지 기준으로 엄청난 호사를 누리는 반면 많은 사람들은 영양 상태를 걱정해야 하는 형편입니다.

이런 문제들에 관해 하루아침에 만족할 만한 해법이 나올 리 없습니다. 그렇다고 나 몰라라 내버려두고 각자 자기 생존만을 위해 살아갈 수는 없습니다. 당면 문제들의 근본 원인에 관한 석극적인 관심과 힘께 냉철한 분석 그리고 해결을 위한 현실 참여가 필요합니다. 제가 성격상 게으르고 남들과 어울리는 것을 꺼려하는 편이면서도 정치에 늘 관심을 갖고 가능한 한 무슨 역할이든 하려고 하는 이유입니다.

최근 미국의 여론조사단체 퓨리서치센터에서 44개국 국민 4만 8643명을 조사한 결과를 보면, 기회와 불평등에 관한 태도 조사에서 한국인들의 74퍼센트는 성공 요인으로 본인의 능력보다 외적 요인이 중요하다는 답을 했습니다. 75퍼센트라고 답한 터키에 이어 끝에서 둘째라고 합니다. 역시 현진의 인식을 확인해주는 조사 결과입니다. 그런데 한국과 마찬가지로 빈부격차가 큰 미국에서는 그 수치가 40퍼센트밖에 되지 않습니다. 마찬가지로 일본은 51퍼센트고 중국도 58퍼센트로 우리보다 훨씬 낮습니다. 한 가지 고무적인 결과는, 다음 세대가 우리보다는 더 나으리라는 답이 52퍼센트나 된다는 겁니다. 이것은 선진국 중에 가장 높은 수치라고 합니다. 현진은 우리 다음 세대가 우리보다 형편이 더 좋을 것이라고 생각합니까? 아니면 자신에게만 몰두해 있어 다음 세대 생각은 해보지도 못하고 지냈습니까?

저는 평소 여론조사 결과를 잘 믿지 않지만 우리가 여전히 다음 세대에 기대를 걸고 있다는 소식은 반갑게 접했습니다. 어쩌면 감동적이기까지 했습니다. 그저 우리 형편이 좋아지리라는 단순한 기대가 아닙니다. 이것은 그보다 훨씬 더 의미가 큽니다.

현진에게서 오랫동안 들어온 이야기가 있습니다. "누구 좋으라고 애를 낳느냐" 하는 말입니다. 아마 현진만이 아니라 주변 친구들도 그런 이야기를 하는 모양이지요. 솔직히 이해가 가지 않는 이야기입니다. 이 세상에서 사람들의 존재가 세속적인 성공에 의해서만 평가되는 것입니까? 모든 사람이 재벌집 자손으로 태어나야만 의미가 있는 것인가요? 아니면 모두 자기 자식을 일류 학교에 보내고 대기업에 취직시켜야 좋은 세상입니까?

현진이 결혼해 아이를 낳고 기르면 부모님과 마음속에서라도 화해할 수 있으리라 생각했습니다. 자신의 아이를 키워보면 부모님에 대한 이해가 그리고 때늦은 후회가 가능해집니다. 자신의 경험을 통해 세상에 대한 일차원적인 원망에서 벗어나 현진이 작가로서 좀더 원숙한 경지에 이를 수 있으리라 기대했습니다. 지금도 제 희망은 현진이 결혼하고 애를 낳아서 기를 수 있으면 하는 것입니다. 그럴 여유가 없을지 모르지만 아이를 입양해서라도 키우면 좋겠다는 생각입니다. 현진은 이 글을 읽고 펄쩍 뛰면서 말도 안 되는 소리를 지껄이는 정신 나간 늙은이라 생각하겠지요.

그렇지만 현진. 아기는 누구 좋으라고 낳아서 기르는 것이 아닙니다. 현진은 아마도 조지 엘리엇의 《사일라스 마너Silas Marner》를 읽었겠지요. 어떤 생각이 들었습니까? 현진의 글을 읽으면서 중세의 영국 왕이 했다는 말이 생각납니다. 전후 사정이나 정확한 문구를 기억하지는 못하지만 대략 이런 이야기입니다. 이 왕은 자기가 좋아했던 교회 건물이 불에 타 없어지자 아쉽고 분해서 하느님을 향해 이렇게 부르짖었다고 합니다. "당신이 내가 아끼고 귀하게 여기는 것을 빼앗아갔으니 나도 당신에게서 귀한 것을 빼앗겠습니다. 그것은 나 자신입니다." 제가 왜 이런 말을 하느냐고요?

누군가 저에게 이 세상에 나와서 경험한 여러 가지 일들 중 가장 보람된 일이 무엇이었냐고 묻는다면 서슴지 않고 아이를 낳아 키운 것이라고 대답할 것입니다. 단순히 '보람'이라고 하면 지나치게 좁은 이야기입니다. 아기는 나에게 구원으로, 위대한 교육으로, 사람으로서의 보람으로 왔어요. 그러나 현실적인 환경은 그렇게 좋은 것이 아니었어요. 부모님의 뜻에 따라 결혼을 했지만 앞날은 물론 하루하루 생활도 매우 긴박하고 어려울 때였습니다. 생소한 환경에서 학위를 마무리하고 있을 때였고, 설혹 모든 것이 잘되더라도 그 이후 취업은 불투명한 형편이었습니다. 어느 날 본국에서 아내가 갓 태어난 아기와 함께 온다는 전보를 받았습니다. 큰 충격이었고 당황할 수밖에 없었지요. 이들을 부양하기는커녕 나 혼자도 간신히 살아가는 형편이었으니까요.

무엇보다 바로 눈앞의 현실이 막막할 따름이었습니다. 살 거처를 마련할 능력도 형편도 되지 못했으니까요. 아쉬운 대로 내가 살고 있던 기숙사 단칸방에서 함께 지내는 수밖에 없었지요. 이들을 마중하러 공항에 가는 내내 걱정과 함께 누구를 향하는지도 모를 원망에 차 있었습니다. 그런데 기적이었어요. 아기를 보는 순간 모든 것이 한순간에 변했어요. 엄청난 충격과 함께 세상의 모든 것이 새로운 모습으로 새롭게 자리매김하는 것 같았거든요. 아기는 공항이 떠나가게 울고 있었어요. 그러나 그 순간 모든 것이 이해가 되었어요. 어째서 2,000년 전 고단한 여행길에 외양간에서 태어난 아기가 구원의 상징이 되고, 우리 모두가 새롭게 태어나는 '약속'이 되었는지 깨달았습니다. 그렇게 외양간에서 태어난 그 아기의 일생은 행복과 거리가 멀었지요. 짧은 일생을 호강도 영광도 없이 살다가 비참한 최후를 맞았습니다. 그런데도 그는 인류 역사상 가장 큰 변화를 남겨주었습니다. 우리가 우리 스스로의 존재에 관해 혁명적으로 생각할 수 있도록, 희망을 가질 수 있도록 말입니다. 그분을 통해 우리는 우리의 존재를 새롭게 정의할 수 있었습니다.

부모가 아기를 키우는 것이 아니더라고요. 아기도 부모를 키우더라고요. 이 핏덩이 아기가 적어도 저에게는 가장 큰 변화를 가져온 가장 위대한 스승이었습니다. 적어도 아기가 없었더라면, 아기를 키워본 경험이, 그 어려움과 그 감미로운 행복이 없었더라면, 하루하루 아기를 먹이고 씻기고 더러운 기저귀를 갈아주고 어르고 달래고 간혹 웃는 것을 보는 가슴 저리는 경험들이 없었다면, 저의 일생은 얼마나 가난하고 비참했겠습니까. 그 이후 저는 크게 바뀌었다고 생각합니다. 어디서, 누가, 어떤 사고를 당했다는 이야기를 접하면 우선 그 사람의 어린 시절을, 그 사람의 부모가 그 사람을 위해 쏟았을 가슴 저리는 정성들을 생각합니다.

이야기가 거창해졌지요. 그다음은 시시한 일상입니다. 수백 년 된 학칙을 어기고 침실 겸 서재 겸 응접실인 베드시터bed-sitter라 부르는 기숙사 단칸방이 3인 가족의 거처가 된 것입니다. 학교는 감사하게도 이것을 문제 삼지 않았어요. 그런데도 아내와 나는 매일이 투쟁의 연속이었습니다. 열두 명이 함께 쓰는 가장 단순한 부엌이 하나 있었어요. 물론 냉장고 같은 것이 있을 턱이 없었지요. 무엇보다 마음이 쓰인 것은 여럿이 함께 써야 하는 목욕탕과 화장실이었지요. 아기는 책상 서랍에 수건 같은 천을 깔고 그 속에 재웠습니다. 매일 목욕을 시켜야 하는데 그것도 큰 작전이었어요. 새벽, 아무도 일어나기 전, 제가 발걸음 소리를 죽여 화장실에 가서 비누로 목욕탕을 깨끗이 청소하고 물을 받아놓으면 집사람이 애를 안고 와서 목욕을 시켰어요. 내내 누군가가 화장실 겸 목욕탕에 올까봐 조바심을 쳤지요. 그보다 더 마음이 쓰인 것은 아기가 자주 큰 소리로 울었는데, 동료들 중 누군가가 공부에 방해가 된다고 불평하면 어쩌나 하는 것이었지요. 다행히 모두가 별 불평이 없었어요. 그렇지만 늘 죄를 짓고 사는 것 같은 심경이었지요. 하루는 학생들의 신상 문제를 담당하는 교수님이 기숙사를 방문하셨는데 마침 아기가 큰 소리로 울기 시작했지요. 간이 콩알만 해지고 민망하고 부끄럽기까지 해서 감히 교수님을 쳐다보지도 못했어요. 그런데 교수님은 웃으시면서 "누가 고양이를 키우나" 하는 말씀으로 지나가시더라고요.

정작 하고 싶은 이야기는 이런 이야기가 아닙니다. 그런 와중에 제가 차원이 다른 행복을 경험했고 매일 희망과 보람을 느꼈다는 것입니다. 그까짓 공부고 학위고 직장이고, 어떤 것도 더이상 중요하지 않았어요. 아기를 위해서라면 어떤 일이 닥치더라도 무슨 일을 하더라도 세상을 살아갈 용기가 끓어 넘쳤지요. 그런 마음가짐을 가지니까 공부도 더 잘되었어요. 그렇게 초조했던 마지막 시험, 그리고 직장까지 별 문제 없이 풀렸어요. 그렇지만 그런 일들에 다 실패했을지라도 저는 즐겁게 다른 일에 매달렸을 것입니다.

아기를 보고 있으면 한없는 희망이 솟아나는 것 같았어요. 우리의 삶은 매일매일 죄와 고통 속에서 일구어져 가지만 아기는 우리에게 구원과 새로운 삶에 관한 약속을 들려주었어요. 더이상 두려운 것도, 무서운 것도, 걱정도, 참을 수 없는 일도 없었지요. 2,000년 전 외양간에서 태어나 짐승의 구유에 누운 아기에게서 구원의 약속과 희망을 발견한 목자들과 동방에서 온 현자들의 심경을 그제야 이해할 수 있었습니다.

아기가 태어나면서 드디어 결혼을 했다는 자각과 함께 아내에 대한 깊은 애착도 생겼어요. 아기가 저와 아내 사이의 동료 의식과 협동을 통해 자랄 수 있었기 때문이었지요. 아기에게서 아내를 봐요. 눈매, 웃는 모습…. 어떻게 그렇게 닮을 수 있는지. 그런데 아내는 아기에게서 저를 본대요. 턱, 눈, 코, 귀. 모두 저를 보는 것 같다고 해요.

언젠가 영국 북부의 요크대학을 방문했다가 교정에서 헨리 무어의 〈가족〉이라는 조각을 본 일이 있습니다. 두 부부 사이에 아기가 하나 있고 그 아이를 감싸고 있는 부부의 팔은 중량감 있게 조각되었어요. 아기를 통한 가족의 튼튼한 유대를 나타내는 것이 아닌가 혼자 생각해 봤습니다. 그뿐 아닙니다. 아기를 키우면서 평소 잘못 생각하고 있었던 부모님에 대한 비뚤어진 생각들도 새롭게 할 수 있었습니다. 부모님의 은혜를 아기를 통해 배운 것입니다. 미래는 결국 아기들이 자라서 이룩하는 것입니다. 아기가 없다면 우리가 하는 모든 유한한 일들이 무슨 의미가 있겠습니까.

저는 아이를 넷이나 낳고 키웠지만 한 번도 공부를 잘하라거나 좋은 학교를 가라고 권한 일이 없습니다. 물론 과외를 시킨 일도 없어요. 단지 신앙만은 갖도록 노력했습니다. 어렸을 때는 함께 성당에 다녔지만 지금은 모두 개신교로 가고 딸 하나만 천주교에 남아 있습니다. 개신교로 바꾼 아이들의 결정도 존중했습니다. 그만큼 자신의 신앙에 관해 독립적인 생각을 할 수 있다는 것이 오히려 대견했습니다.

신앙 외에는 아이들의 공부나 진학 혹은 결혼까지 크게 간여한 일이 없습니다. 그래서 이른바 일류 학교를 다닌 아이들도 없습니다. 흔한 중매 한번 해본 일 없지만 각기 알아서 자기 배우자들을 정해 결혼한 것을 기쁘게 여깁니다. 결혼 상대도 세상에서 흔히 '혼빨'이 좋다는 경우와 관계가 없었습니다. 모두 어렵게들 살지만 늘 감사한 마음으로 산다고 합니다. 얼마 전 작은 딸과 통화하면서 무엇이 그렇게 감사한가 물었더니 우스갯소리로 말하더군요. "눈이 하나뿐인 사람도 있는데 나는 둘이 있고, 팔이 하나밖에 없는 사람도 있는데 나는 둘이나 있으니 감사하지 않아요?" 웃고 말았습니다.

항상 사람과 사람의 관계는 이해하기 어려운 것을 이해하는 것이라고 생각해왔습니다. 현진이 훌륭한 작가가 되리라 믿고 기대합니다. 마찬가지로 결혼도 하고 예쁜 아기도 낳아서 기르기를 바랍니다.

얼마 전 어떤 분이 리더십을 주제로 글을 쓴 것을 신문에서 봤어요. 연재물이었던 것 같은데 그 연재의 마지막 회였어요. 크세노폰의 《아나바시스Anabasis》를 예로 들었어요. 그의 다른 저서 《폭군과의 대화Hiero》와 함께 잘 알려진 작품이고 고전학과에서 희랍어 교과서로 쓰이는 글입니다. 그 글이 리너십 문제와 관련해 좋은 참고가 되리라는 생각은 하지 않는데 그분은 이 고전을 인용하면서 좋은 설명을 했더군요. 내용은 대략 이렇습니다. 희랍 용병 1만 명이 페르시아 내전에 참여했다가 그 나라에서 고립되었습니다. 지휘관들은 상대방의 거짓에 속아 살해당했고요. 병사들은 항복하라는 페르시아인들의 유혹을 물리치고 민주적인 방식으로 새로운 지도자들을 선출합니다. 이 지도자들의 지휘 아래 물과 식량 없이 사막과 눈 덮인 산악 지대를 돌파하면서, 더구나 페르시아 군의 추격과 적대적인 부족들의 공격 등 온갖 난관을 물리치면서 마침내 고국 그리스로 돌아옵니다. 내용이 풍부하고 흥미 있는 만큼 오늘날 지도자에 대한 기대가 큰 우리에게 교훈이 될 만한 이야기입니다.

지도자는 어느 날 갑자기 하늘에서 떨어지거나 외국에서 날아오거나 어떤 특정한 혈통이 있는 것이 아닙니다. 우리와 같은 사람들 사이에 있습니다. 단지 우리 판단으로 봤을 때 자질과 능력이 훌륭한 사람들이고 무엇보다 우리와 필요나 목적을 함께하는 사람들입니다. 문자 그대로 우리의 동지同志죠. 일단 이런 지도자를 뽑은 다음에는 최선을 다해 지도자의 지휘에 응해야 합니다. '위대한 지도자'가 아닌 우리 사이에 있는, 우리와 같은 지도자인 것이죠.

이보다 작은 이야기지만 오래전에 읽은 존 스타인벡의 《달은 지다The moon is down》라는 소설도 생각납니다. 이 소설은 후에 연극으로도 만들어졌다고 합니다. 북유럽의 어느 작은 마을이 갑자기 외국군에게 점령당합니다. 그런데 시장은 이 외국군의 요구를 듣지 않고 살해당하는 길을 택합니다. 이 소설에서 그 도시나 침략군을 실명으로 밝히진 않았지만 독자들은 금새 그것이 제2차 세계대전 중 독일군이 노르웨이를 기습적으로 침략해 점령한 사건을 모델로 했다는 것을 알 수 있습니다. 이 소설에서는 리더십에 관한 두 가지 모델이 등장합니다. 나치스 식의 영웅적인 리더십과 평범한 시민이지만 중요한 순간 훌륭한 결정을 할 수 있는 민주적인 리더십이지요. 아무래도 후자가 돋보입니다. 독재 국가에서는 위대한 지도자가 없는 경우 아무것도 할 수 없지만, 민주적인 국가에서는 그렇지 않습니다. 위기의 순간 도덕적인 결정을 할 수 있는 지도자가 존재하지요. 페르시아인들은 희랍 병사들의 지휘관을 살해하면 병사들이 모두 저항하지 않고 항복하리라 생각했겠지만 결국 그것이 통하지 않았던 것과 일맥상통하는 이야기입니다.

결론은 위대한 지도자가 우리의 온갖 문제를 일거에 해결해주는 것이 아니라 우리 스스로 각자의 처지에서 훌륭한 지도력을 발휘할 수 있어야 한다는 말입니다. 최근 리더십에 관한 글을 청탁받고 "리더가 없는 리더십"이라는 글을 써 보냈는데 아직 실린 것을 보지는 못했습니다.

우리가 괴물을 키워낸 걸까요?

선.생.님.께

리더십에 대한 말씀을 잠깐 하셨기에 국민 대다수는 '노비'라는 극단적인 단어까지 나온 현 상황에 적절한 리더십은 과연 어떤 것일까, 하고 생각해봤습니다. 젊은 세대가 아무 희망 없이 자신을, 혹은 자신이 낳을지도 모르는 자녀를 '노비'라 생각하는 사회에서는 어떤 리더십이 필요할까요. 선생님 말씀처럼 대통령 한 사람에게 그것을 바라는 것은 너무 큰 기대인지도 모르겠어요. 어느 심리학자가 우리나라 국민들은 선거 때 공약을 꼼꼼히 따져보고 유능한 행정가를 뽑는 것이 아니라 나를, 우리 사회를 구원해줄 '구세주'를 뽑으려 한다고 말하더군요.

이야기를 바꿔서 "누구 좋으라고 애를 낳느냐"는 말이 선생님께는 너무 이상한 말일 것도 같아요. 물론 애는 기본적으로 자기 좋으라고 낳는 것이죠. 요즘 젊은이들이 이기적이라서 애를 낳지 않는다는 말들은 하지만 꼭 그런 것은 아닙니다. 제 주위에도 탄탄한 직장을 가진 친구들은 얼마든지 아이를 낳고 있어요. 하지만 일단 취업문이 좁은 데다가 패자부활전이 어려운 사회 아닙니까? 그래서 아르바이트를 전전하며 최저임금을 받는 젊은이들, 혹은 막연하게 공무원 시험을 준비하며 부모님 등골을 빼먹는 젊은이들은 이기적이라기보다는 미안해서 애를 낳을 생각을 못하는 것 같아요. 힘들여 대학까지 보내준 부모님의 은공을 잘 알고 있는 그들은 지금 자기 현실에서 부모님처럼 자기 아이를 뒷받침해줄 자신이 도저히 없기 때문이죠.

선생님께서는 저에게 예쁜 아이를 낳으라고 하시지만 지금 제 입에 풀칠도 못하는데 아이를 낳아서 기르는 것은 사치스러운 현실인 것입니다. 아이를 낳는다고 해도 주변 사람들과 끊임없이 서로를 비교하며 살아가는 한국 현실에서 아이에게 이것저것 해줄 수 없는 부모 마음이야 오죽할까요. 그래서 "누구 좋으라고 애를 낳느냐"라는 비꼬는 뉘앙스의 제 말은, 과외나 학원에 보내지 못해 반에서 꼴등할 수밖에 없는,

화이트칼라가 되지 못해 땀에 전 점퍼를 입고 일해야 하는 고생을 물려주기 싫다는 뜻입니다. 있는 놈들이 밑에 부려먹을 사람 필요해서 '저출산'을 외치는데, 그 톱니바퀴에 상납하기 싫다, 이런 마음인데 역시 치기 어려 보이지요? 아마 저 자신에게 모성이 별로 없기 때문인지도 모르겠어요. 일설에는 예술 계통에 종사하는 사람들은 혈통 계승에 대한 욕망이 현저히 떨어진다고도 합니다.

하지만 선생님께서 "사람이 성공하려고 태어나느냐, 세상에 태어나서 여러 가지 경험을 하고 그 나름의 행복을 누리는 것도 의미가 있지 않느냐"라고 하신 말씀은 지금까지 반항적으로 출산 문제를 생각하고 있던 저에게 새로운 입장에서 그 문제를 바라보게 해주었습니다. 그러려면 우리 사회가 남을 밟고 올라서지 않고 자기 생긴 대로, 꼴대로 행복을 누리면서 내 나름의 즐거움에 만족할 줄 아는 사회가 되어야 할 텐데요. 지금의 아비규환 같은 한국에서는 좀 어렵지 않을까 합니다. 한국은 끊임없이 사람을 불안하게 하잖아요.

요즘 젊은이들이 모이는 커뮤니티에는 구체적으로 이민을 꿈꾸는 사람들이 많더군요. 이민 가서 성공하겠다는 것이 아니라 적당히 벌면서 살고 싶다는 의견이 지배적이더라고요. 저도 적당히 일하고 딱 생계비만 나오는 직장을 갖고 싶다는 꿈 같은 생각을 합니다. 그래서 남는 시간에는 문화를 즐기고 사람답게 살고 싶어요. 저만의 생각은 아닐 거예요. 그래서 한때 어느 대통령 후보가 "저녁이 있는 삶"이라는 구호를 내세

웠을 때 이런 이유로 많은 사람들이 공감했던 건지도 모릅니다.

한국에서 회사를 다니고 있는 어느 외국인이 뉴스 사이트에 올린 칼럼을 보니, 한국에는 '칼퇴'라는 말이 존재한다는 게 문제라고 썼는데 크게 공감했습니다. 저도 직장 생활을 좀 해봤습니다만 6시가 되어 일어날 때 항상 사람들에게 미안해야만 하죠. 그러면서 "칼퇴 해?" 하는 약간의 비난 섞인 물음을 들어야 하고요. 하지만 그 외국인 근로자는 제시간에 퇴근하는 게 왜 나쁘냐는 거죠. 그게 나쁘다고 생각하기 때문에 '칼퇴'라는 단어가 존재한다는 거예요. 이 단어가 계속 존재하는 한 한국에서 저녁이 있는 삶은 불가능할 것이라는 생각이 듭니다.

이미 부모 탓을 할 나이는 한참 지났지만, 좀 특이했던 가정환경 때문에 아직 상처가 남아 있어서 선생님께 많이 하소연을 했나 봅니다. 지금은 부모님을 거의 용서했고, 오히려 제가 부모님에게 용서를 빌어야 한다고 생각하고 있습니다. 제 힘든 과정을 지켜보신 엄마가 얼마나 마음고생을 하셨는지, 어떻게 그 은공을 갚아야 할지 모르겠습니다.

제가 일찍부터 글을 쓰긴 했지만 대단한 글을 쓴 것도 아니고 대성한 것도 아니에요. 선생님께서 늘 넘치는 칭찬을 해주셔서 부끄럽습니다만 그냥 글 같은 거 쓰지 않고 평범하고 무난하게 남들처럼 살았다면 참 좋았을 텐데, 하는 생각도 종종 합니다. 선생님이 전에 말씀하신 자기 내장을 꺼내 새끼들에게 먹이는 펠리컨 같은 존재가 작가라면 저는 그런 존재가 될 자격이 없는 것 같거든요. 부모님에 대한 고통을 극복하지 못했다기보다는 그냥 무난하고 평범한 가정에서 자랐으면 좋았을 걸, 하는 아쉬운 정도랄까요. 하지만 선생님 따님이 팔다리 두 개씩 있는 것에 늘 감사한다는 그 태도를 배우고 싶습니다.

저는 아기가 없어서 선생님께서 그 아기를 통해 느꼈던 구원을 어렴풋하게밖에 느낄 수가 없지만, 작년부터 기도하면서 하느님께 좀더 가까이 가려고 할 때 무척 인상적이었던 게 있습니다. 예수 그리스도의 족보에 단 네 사람의 여성이 나오는데, 이방인과 창녀, 미혼모와 미망인이더군요. 여자로 태어나지 않아서 감사하다고 기도했다던 유대인들이 보기에는 인간도 아닌 사람들인데, 이러한 여자들을 통해 그리스도를 이 세상에 나오게 하신 하느님의 섭리를 생각할 때 마음이 숙연해졌습니다. 그래서 예수가 눕혀진 곳도 깨끗한 강보가 아니라 짐승들이 핥아 먹는 더러운 구유였겠지요.

선생님이 보시기에는 이미 일어난 고통 때문에 너무 힘들어하고 있는 제가 많이 한심하시지요? 요 몇 년은 정신이 없었습니다. 지금은 사방팔방이 다 막힌 것 같아 위를 향해 기도하고 있습니다. 저의 아버지가 되어주시겠다고 자처하시는 목사님이 운디드 힐러, 즉 상처받은 치료자가 되라고 기도하시더군요. 저와 같은 상처를 지닌 사람들에게 조금이라도 도움이 되는 사람이 될 수 있다면, 쓸모없는 주제에 이 세상에 태어난 게 늘 겸연쩍었던 제가 조금이나마 보람을 느낄 수 있을 것 같아요. 울새 한 마리를 둥지에 올려주기만 해도 산 의미가 있다는 시처럼 말이지요.

좀 다른 이야기를 해볼게요. 요즘 한국에 굉장히 우익적인 젊은이 집단이 등장한 것을 혹시 아시나요? 흔히 '일베'라고 불리는 이들 중 어떤 이들은 새롭게 '서북청년단'을 창건하기도 했답니다. 서북청년단이 우리 역사에서 어떤 역할을 했는지 알면 그렇게 부르지 못할 것 같은데⋯. 아니면 오히려 그 자체가 위악의 포즈인지도 모르겠지요. 호남을 혐오하고, 여성을 혐오하고, 외국인을 혐오하고, 김대중과 노무현을 혐오하는 이들은 인터넷상에서 자신들이 싫어하는 사람들에게 정말 끔찍할 정도로 흉한 말을 퍼붓습니다. '신상털기'라 해서 개인의 신상 정보를 알아내 괴롭히는 것도 망설이지 않습니다.

세월호 사건에서도 유족 반대편에 폭언을 했죠. 5·18 때 희생된 시신이 수습된 관 사진에다가 "홍어 택배요" 하고 댓글을 다는 사람들이랍니다. 지금까지는 인터넷에서만 활동했는데, 세월호 유족들이 단식투쟁을 하고 있는 옆에서 피자와 통닭을 시켜 '폭식투쟁'을 함으로써 마침내 인터넷 밖으로도 나왔죠. 새누리당에서는 우익 보수 청년들이 나타날 때가 되었다며 환영하는 분위기입니다. 그런데 저는 이 사람들이 좀 무서워요. 가수 '호란'이라는 여성이 이 사람들 입장에서 마음에 들지 않는 트윗을 하니까 제가 태어나서 들어본 욕 중에 가장 충격적인 욕을 하더라고요. 글쎄(이건 보시고 금방 잊어주세요, 제 충격을 전달하기 위한 것일 뿐이니까요) "소음순을 잘라다가 부채로 쓸 년" 어쩌고 하는 거예요. 이제 우리나라도 이런 네오나치 같은 사람들이 등장할 때가 된 것일까요? 그냥 사회의 다양성이라고 치부하기에는 이 사람들의 존재가 너무 무섭고 놀랍습니다.

몇 년 전 촛불 청소년들이 나타났을 때 일각에서는 들떴죠. 386세대의 자녀들이 광장에 나타남으로써 그간 했던 민주화운동의 '계를 탔단' 생각이었죠. '일베' 청년들도 이들과 다르지 않은 세대인데, 어째서 이런 청년들이 나타난 걸까요? 여성 인권이 높아지고, 육체노동은 외국인 노동자가 대신 해서 일자리가 사라지고, 패자부활이 어려운 세상에서 증오만 늘어 그런 것인지 알 수가 없어서 선생님께 꼭 여쭙고 싶었습니다. 이런 괴물들은 어쩌다 나타난 것일까요? 아니면 우리가 괴물을 키워낸 것일까요?

오늘은 이만 쓰겠습니다.

사람에 대한 사람으로서의 관심

현.진.에.게

안식년으로 외국에서 체류할 때의 이야기입니다. 방학이 되면 귀국해 본국의 학교에 나가고, 본국이 방학에 들어가면 서둘러 외국으로 가곤 했지요. 그즈음이라고 기억하는데 1년 만에 모처럼 귀국했어요. 제가 귀국했다는 소식을 듣고 가족도 없이 혼자 지내실 테니 저녁이라도 대접하겠다면서 졸업생이 찾아왔어요. 학생 시절 쾌활하고 리더십도 있어서 학업 성적도 좋았고 동료들 사이에서도 인기가 많았던 사람이었지요. 그런데 다시 만나보니 첫인상부터 전혀 달랐어요. 용모나 옷차림이 정상이 아니었고 어딘가 균형을 잃어버린 모습이었지요. 그분의 직장 환경 등을 생각해보면서 무슨 일이 있었구나 하고 직감할 수 있었어요. 같이 식사를 하고 차를 마시면서 일상에 관한 대화를 나누었는데 그렇게만 헤어질 수는 없는 일이었지요. 그래서 예전에 들은 포경꾼들의 이야기를 해주었습니다.

오늘날에는 엄청난 장비를 갖춘 포경선이 있어서 안전하게라기보다 산업적으로 고래를 잡지 않습니까? 예전에는 모험에 찬 매우 위험스러운 일이기도 했대요. 사람들이 고래보다 훨씬 작은 쪽배를 타고 바다로 나가 고래가 지나가는 길목에서 기다리다가 이 큰 짐승이 숨을 쉬러 수면으로 올라오면 밧줄이 달린 창을 고래 살에 박히도록 던졌다고 합니다. 고래는 물론 덩치도 크고 힘도 세니까 사람들이 타고 있는 쪽배 정도야 한 번만 들이 받으면 뒤집어버릴 수 있었겠지요.

실제로 멜빌의 《모비딕Moby Dick》에서는 그런 일이 일어나지 않습니까? 그렇지만 대부분 그런 일은 없다고 해요. 왜냐고요? 고래는 자기 아픔만 생각하고 상처와 싸우려 하기 때문이랍니다. 사람들은 밧줄을 쥐고 고래가 지쳐 죽기만 기다리면 되었다고 합니다. 고래가 미련해 보입니까? 고래만이 아닙니다. 영리하다는 사람들도 자기 상처만 끌어안고 그 상처와의 싸움에 빠져 결국 인생을 허비하는 경우가 많지 않습니까? 특히 지적이고 예민한 그리고 자기에게 집착이 강한 사람들이 그런 경향이 있는 것으로 압니다.

그 학생은 (현진과는 달리?) 저의 이야기를 진지하게 들었어요. 그후에도 몇 차례 만났지만 별다른 이야기를 나눈 기억은 없습니다. 그러나 제가 외국 직장에 복귀했더니 교수실에 편지 한 장이 기다리고 있었어요. 바로 그 사람의 글이었고 나와 저녁을 하던 날부터 자기의 과거는 블랙홀에 넣었다는 내용이었어요. 고래 같은 싸움은 이제 하지 않겠다는 말도 있었어요. 편지를 손에 들고 한동안 우두커니 서 있었어요. 모르는 사이 눈물이 고였어요. 그 사람은 지금 가정도 꾸렸고 작지만 착실한 기업을 운영하고 지냅니다. 어쩌다 만나는 경우가 있는데 둘 다 지난날을 이야기하지 않아요.

현진이 설혹 김승연 회장 같은 분의 따님이어서 현진을 괴롭힌 수많은 남자들을 모두 두들겨 패준다면 과거의 상처에서 놓여날 수 있겠습니까? 혹시 상처받은 것은 현진 혼자만이 아니고 현진이 상대했다는 많은 다른 남성들도 마찬가지 아닐까요? 제가 언젠가 인간사에서 매우 어려운 일 하나가 피해자와 가해자를 구분하는 것이라는 이야기를 한 일이 있지요. 어떤 경우이건 사람과 사귀다 상처를 입었다면 다른 사람에게 상처를 입도록 허용한 본인의 잘못부터 생각해야 하지 않습니까? 매우 보수적인 생각이라고 하실지 모르지만, 공적인 혹은 국가 차원이건 순수한 사적인 차원이건 무슨 일이 잘못되었을 때는 다른 사람을 탓하는 것만으로는 아무런 개선이 이뤄질 수 없습니다. 공자님도 활보기의 좋은 점을 지적하면서 만약 결과가 잘못되면 자신을 돌아보며 스스로의 잘못을 생각하는 것이라고 말씀한 일이 있지요. 송나라 때 보제普濟 스님은 이런 말을 했습니다. "나 말고 누가 나를 망치겠는가?"

여러 차례 같은 이야기를 되풀이했지만, 일자리 문제나 빈부격차 문제는 정도의 차이가 있을 뿐 현재 거의 모든 나라들의 공통적인 문제입니다. 젊은이들이 이런 문제로 많은 좌절을 겪고 있는 것은 모두가 아는 일이지요. 저의 세대 역시 취업 문제가 쉬웠던 것은 아닙니다. 국민경제의 규모나 국제화의 수준이 낮았기 때문에 어쩌면 형편이 지금보다 더 각박했는지도 모릅니다. 제가 다니던 서울대학교 정치외교학과는 서울에 있는 대학에서도 제일 들어가기 어렵다는 학과였는데도 졸업 후에 직장 얻기가 쉬운 일이 아니었습니다. 누군가는 한국은행에 취직하면 큰 행운이라고들 했습니다. 여하간 이런 문제는 해결이 쉽지 않습니다. 우리가 우리의 당면 문제에 함께 관심을 기울이고 적극적으로 참여해 해결하는 이유이기도 합니다. 그러나 역사의 오랜 경험으로 보면 세상에는 갑자기 한달음에 모든 문제가 궁극적으로 해결되는 일은 결코 없습니다.

저처럼 소심하고 무슨 일이건 앞에 나서기 싫어하는 사람도 일생에 한 번 공적인 일, 정치에 뛰어들 생각을 한 일이 있습니다. 바로 1992년 대통령 선거에서 패배한 김대중 후보가 약속대로 정계 은퇴를 선언했을 때입니다. 왜 그랬냐고요? 정치학 혹은 다른 사회과학에서도 인물의 개인적인 차이는 중요하게 생각하지 않습니다. 대표적인 이야기가 마르크스의 저술입니다(《루이 보나파르트의 브뤼메르 18일The Eighteenth Brumaire of Louis Bonaparte Napoleon》)

그러나 실제 현실에서는 정치이건 기업이건 인물이 중요합니다. 특정 시기에 특정 인물의 위상과 역할이 중요하지요. 그 당시 제 생각으로 우리나라 민주주의 발전에 가장 중요한 문제는 정권 교체였습니다. 우리나라는 실상 건국 이래 같은 성분의 사람들이 계속 집권해왔습니다. 정권 교체 없이는 더이상 정치 발전을 기할 수 없었지요. 다른 나라 이야기를 하기가 마뜩하지 않지만 정권 교체가 불가능한 민주 정치를 생각하면 이웃나라 일본을 떠올리게 됩니다. 제도나 형식으로 자유민주주의임에 틀림없지만 그것은 그저 근본적인 철학 없이 국가를 관리하고 운영하는 편리한 방식에 불과하지 않은가 하는 생각입니다.

여하간 1992년 당시 막강한 여당의 힘에 맞서 선거를 통한 정권 교체를 기하는 데는 김대중이란 인물이 불가결했습니다. 그래서 그를 도와야 한다고 생각하고 그를 찾아가 만났습니다. 이야기가 길어지겠기에 그다음의 여러 가지 일들은 줄이겠지만, 어쨌건 정권 교체는 이룩

했지요. 그렇지만 제가 생각했던 새로운 세상은 아니었어요. 물론 보기에 따라 큰 변화가 있었다고 하겠지요. 실상 세상에는 작은, 그것도 매우 작은 변화가 몇 있었을 뿐 사람들도 사회도 정치도 마찬가지였어요. 그러나 이런 작은 변화일지라도 경시하거나 무시하면 안 된다고 생각합니다. 세상에 작은 변화라도 일어날 수 있다는 것이 중요하지요. 이것은 물론 김대중, 노무현에만 해당되는 문제가 아닙니다. 실제로 모든 것이 바뀔 것 같았던 큰 혁명 이후에도 보기에 따라 사회도 정치도 사람들도 그저 옛날의 연속선상에 있는 것이 아니겠습니까?

저는 어느 편이냐 하면 개인의 사적인 불행에 관해서도 사회가 혹은 그가 속한 공동체가 어느 정도 책임이 있다고 생각하는 사람 중 하나입니다. 특히 어떤 사람이 스스로 목숨을 끊었다는 소식을 접할 때마다 그 사람이 당해야 했던 문제들에 앞서 그 주변 사람들에 관한 문제를 생각합니다. 그러나 모든 문제에 관해 전적으로 주변이나 사회의 책임을 물을 수는 없습니다. 현진도 실은 안정되고 좋은 직장을 가질 수 있지 않았습니까? 그리고 앞으로도 그런 가능성을 전혀 배제할 수는 없지 않습니까? 그런데도 계속 자신의 모든 문제가 우리 사회에 있다고만 하실 생각입니까?

부양하기 어렵기 때문에 아이를 가질 수 없고, 또 아이가 있어도 다른 사람들 밑에서 일하게 될 것이기 때문에 아이를 낳지 않겠다고 하는 것은 저 같은 사람에게는 전혀 이해가 가지 않는 일입니다. 아니, 바로 현진이 비판하고 있는 우리 현실의 어두운 어느 일면을 대변해 표현하고 있는 것 같습니다. 현진의 그런 생각들이 바로 우리가 당면하고 있는 문제입니다. 이 주제는 충분히 이야기를 나누었기에 더 길게 언급하지 않는 것이 좋겠군요. 그러나 읽기를 권하고 싶은 이야기가 있습니다. 톨스토이의 단편 〈사람은 무엇으로 사는가What men live by〉입니다. 아직 안 읽은 이야기라면, 혹시 이미 읽으셨더라도 다시 한 번 천천히 읽어보시기 바랍니다.

저는 우리나라 인구가 감소한다고 해서 걱정하지 않습니다. 우리 사회나 세계에는 너무 어려운 문제들이 많습니다. 그 와중에 인구 감소가 그렇게 걱정해야 할 문제인가 싶습니다. 아이를 갖는가 안 갖는가 하는 것에 관심을 쓰는 것은 우리 민족이 앞으로 영원히 융성하는 길을 걷는데 장애가 되리라는 생각 때문이 아닙니다. 더욱이 노동력의 부족이나 생산성 저하 같은 우려도 아닙니다. 긴 안목으로 세상을 보면 어떤 일정한 땅덩어리에 어떤 사람들이 어떤 삶을 영위하면서 사는가 하는 것은 어떤 특정한 민족에 대한 집착과는 관계가 없는 문제입니다. 제가 관심을 갖는 것은 저의 짧은 인생행로에서 느낀 것, 아이를 낳아 부부가 함께 양육하면서 겪는 특별한 경험입니다. 제 생각으로 그런 경험이 사람으로서 우리의 존재에 매우 중요한, 어쩌면 불가결한 일면이라고 여깁니다. 그런데 현실에 대한 불만이나 실제적인 계산에 묻혀 그런 경험이 사라지는 사회에 대한 이 두운 생각을 금할 수가 없군요.

저는 글 쓰는 직업을 갖기 원했어요. 그런데 우리가 일궈가는 삶에서 우리 뜻대로 되는 것은 별로 없더라고요. 워낙 글에는 재주가 없는가 봅니다. 그런데 현진에게는 그런 재능이 보여요. 현진에게만이 아니라 제 주변 사람들에게도 현진이 언젠가 크게 이름을 낼 것이라는 말들을 했어요. 현진이 글이고 무엇이고 다 때려치우고 그저 평범하게 편한 생활을 하고 싶다는 말을 했지만, 아마도 세상은 현진에게 그런 선택을 허용하지 않으리라 생각합니다. 현진에게는 이제까지 겪은 그리고 아직도 계속되는 어려움들이 이 세상에서 자기에게 주어진 사명을 위한 거름이 되리라 여깁니다. 왜냐고요? 어떻게 내가 현진의 삶에 대해 이러쿵저러쿵 함부로 이야기할 수 있는가 하고 묻고 싶겠지요. 간단한 답입니다. 모든 것을 포기하고 평범하게 살고 싶다는 이야기처럼 오만한 태도가 없기 때문입니다. 평범하게 산다는 것은 무슨 야심을 포기한다고 쉽게 이뤄지는 것이 아닙니다. 평범하게 사는 것은 무엇인가요? 바라던 것을 포기해버리면 평범하고 안락한 생활이 이뤄지리라 기대하는 것은 잘못된 생각입니다. 평범하게 사는 것처럼 어려운 일도 없기 때문입니다.

끝으로 뜻밖에 '일베' 이야기가 나왔습니다만, 그분들에 관해서는 잘 모릅니다. 단지 현진은 이런 일에 관해 너무 판에 박힌 쉬운 의견을 갖고 있는 것 같습니다. 작가로서는 일베이건 서북청년단이건 좀더 심층적인 이해를 추구하는 태도가 바람직하지 않은가 생각합니다. 왜냐하면 일베이건 누구이건 우리와 동시대를 살아가는 사람들이기 때문입니다. 정당에 몸담고 있을 때 가까운 사람들에게 이런 말을 하곤 했지요. 상대방에 대해 "미친놈들"이라는 말을 하면 안 된다고요. 아무리 마음에 들지 않더라도, 아무리 우리 입장에서 이해가 되지 않을지라도 "사람도 아니다" 혹은 "미친놈들"이라고 말하지 말자는 뜻이었어요. 사람으로서 특히 같은 시대를 살아가는 사람으로서 이해하기 힘든 것을 이해하려는 노력이 중요합니다.

현진은 아마도 '서북청년단'에 관해 일반 역사책이나 이념 성향의 책을 통해 알고 있겠지요. 저도 이 집단이 해방 직후 남한에서 어떤 일을 했는지 읽고 들어 알고 있습니다. 그러나 이분들에 관해 이와는 별개의 기억이 있어요. 대개가 가련한 모습들이었습니다. 네댓 명, 많을 때는 일고여덟 명씩 저희 집에서 숙식을 제공했습니다. 모두 자기들이 살던 집과 고향을 떠나 생면부지 고장에서 익숙하지 않은 생활을 개척해나가야 하는 사람들이었습니다. 이분들이 직장을 얻어 떠나고 나면 또다른 사람들이 들어왔어요. 모두가 남루한 옷차림에 먹는 것도 변변치 않은 초췌한 모습들이었지만 눈빛만은 형형하게 불타고 있었던 것 같아요. 몹시도 지친 죽은 모습들이었지만 어딘가 무엇엔가 자기들이 비참한 환경에 대한 강한 반항이 몸에 배어 있었지요.

이분들은 이상하게 "ㅈ" 발음을 잘 못하고 그것을 "ㄷ"으로 발음하곤 해서 우리가 웃던 기억도 있습니다. 말하자면 "정거장"이란 말 대신에 "덩거장"이라고 하는 것이지요. 어쩌다가 고향에서 이부자리 같은 물건이 인편에 전달되고 그런 짐 속에서 편지가 나오면 그것을 끌어안고 흐느껴 우는 광경도 봤어요. 이분들 중 많은 사람들이 사관학교에 입학했다 들었고 주말이나 휴가 때는 저희 집을 찾아오던 기억이 납니다. 아마도 갈 곳이 없었기 때문이었겠지요. 그런데 그후 큰 전쟁을 치른 뒤에는 별로 찾아오는 사람들이 없었어요. 아마도 큰 싸움 와중에 전사했거나 실종된 것이겠지요. 왜 이렇게 쓸데없이 장황한 말을 늘어놓겠습니까? 이 말을 하고 싶었기 때문입니다. 일베이건 서북청년단원들이건 혹은 흔히 종북, 친북이라고 부르는 사람들이건 작가로서 현진에게 중요한 것은, 이분들에게 일정한 명칭의 이름표를 붙여 분류해버리는 것이 아니고 이들과 우리가 함께 처한 역사적인 상황 아래 이들의 구체적인 삶, 그들의 문제와 의식, 고민과 정열들을 이해하고 전달하는 것이라고 생각합니다. 강민철을 사람을 많이 죽인 '흉악한 살인범'이자 '김일성 집단의 하수인'에 불과하다고 생각해버리면 그의 일생과 그가 당한 고통, 죽기까지 포기할 수 없었던 집념에 찬 희망, 차마 못 다

한 사연 등은 아무 의미도 없는 것이지 않겠습니까?

현진에게 바라는 것은 현실 정치에 대한 깊은 관심과 참여와 함께 사람에 대한 사람으로서의 관심에 쉽게 초연해버리지 않는 것입니다. 그런 것에 역사학자나 사회과학자 혹은 이데올로그가 아닌 작가로서의 의미가 있지 않겠습니까?

소명을 따라서

선.생.님.께

　이번 서신을 받아 읽고는 며칠 동안 잠을 이루지 못했습니다. 그동안 애써 마주하지 않으려 했던 제 맨얼굴을 드디어 마주본 것 같은 부끄러움이랄까요. 저는 지금까지 아이를 낳지 않겠다고 할 때마다 이기적이라는 말을 들었고, 그때마다 항상 '나는 아이를 낳아서 이 고생을 하는데 너는 편하게 살겠다는 말이냐' 정도의 반응으로 치부해버렸습니다. 저번에 말씀드렸다시피 100년 후의 일을 걱정할 필요는 없지요. 우리는 아무도 세상에 없을 테니까요. 하지만 우리의 후손은 이 세상에 남아 있을 것이니 무자녀냐 유자녀냐와 상관없이 모두의 근심거리임에 분명합니다. 저는 지구를 위해서는 인류가 필요 없다는 생각을 가지고 있고 인류야말로 지구의 두통거리라고 생각합니다만, 2000년 전에 우리에게 오신 한 아기가 그랬듯이 사람이 세상을 바꿀 수 있는 유일한 희망, 아니 바꿔 말씀드리죠, 생명만이 세상을 바꿀 수 있는 유일한 존재라고는 인정할 수밖에 없겠습니다. "누구 좋으라고 애를 낳느냐"라는 저의 비딱하고 반항적인 발언은 '신자유주의가 격화되고 있는 사회에서 부려먹기 편한 노동자를 보태주지 않겠다'라는 아주 소극적인 저항 정도로 읽어주시면 좋을 것 같습니다. 하지만 저는 비로소 아이를 낳지 않겠다는 것이 왜 이기적인지 알 것 같습니다.

리영희 선생님을 생전에 뵈었을 때 "이렇게 신자유주의가 득세하는 사회에서 과연 희망이 있을까요?"라고 질문드린 적이 있습니다. 워낙 자본주의를 비판하시는 분이니 비관적인 답을 하시리라 생각했습니다만 돌아온 대답은 의외의 것이었습니다. 역사는 언제나 나선형을 그리며 돈다는 것이었습니다. '지금처럼 민중이 계속 탄압받고 괴로움에 신음하다 보면 운명처럼 혁명을 일으킬 수밖에 없고 그런 과정을 통해 인류 역사는 발전해왔다. 신자유주의도 끝까지 가면 민중들이 들고 일어날 것이다'라는 취지의 대답을 하시더군요. 그렇다면 이 사회를 바꿔나갈 수 있는 다음 세대를 기르기 위해 자녀를 낳아 건전하게 교육하는 것도 세상을 바꾸고 싶은 사람이라면 해야 할 일 중의 하나라는 생각도 듭니다. 그런 차원에서 무고긴 아이 같은 건 낳기 않겠다는 저의 생각에 이기적인 면이 없지 않다는 생각이 들었습니다.

무엇보다 부끄러웠던 것은 저의 모라토리엄이 아닌가 합니다. 사춘기가 길어지고 젊은 시절 방황이 한없이 계속되는 요즘 사회의 일원답게 저 역시 어른이 되어 누군가를 책임지고 싶지 않은 것이 아닐까, 하는 생각을 하니 부끄럽고 민망하더군요. 사실 저 이외의 어떤 생명을 기르고 먹이고 살려내는 일에 뛰어들기보다 돌봄을 받는 입장으로 남아 있고 싶고, 언제까지 어리광을 부릴 수 있는 위치에 있고 싶은지도 모른다는 생각이 들어 얼굴이 화끈거렸습니다. 그래서 어른들이 애를 낳아 봐야 어른이 된다고 하시는 것이겠지요.

그렇지만 선생님, 요즘 삼포세대라고 불리는 젊은이들이 다 저처럼 이기적이거나 생각이 짧아서 출산율이 낮은 것이 아니라는 것만은 기억해주시기 바랍니다. 저야 워낙 성격이 별난 구석이 있는 것이고, 대부분의 젊은이들은 아이를 낳아 기르는 소박한 인생을 누리고 싶어 합니다. "외국어 2개 이상 구사, 토익 900점 이상, 연봉 2000만 원" 이런 식의 말도 안 되는 구인광고를 보면서 어쩔 수 없이 거기 응하며 살아낼 수밖에 없는 젊은이들이 전세방 한 칸 마련하기도 어려운 처지에 아이까지 낳는 행복을 누리는 게 어렵다는 것은 안타까운 현실입니다. 모두 저와 같이 어리광을 오래 붙잡고 싶어 하는 것은 아니랍니다. 저처

럼 유별난 녀석 때문에 젊은이들을 죄다 오해하실 리는 없겠지만, 혹시
나 하는 노파심에서 말씀드립니다.

저는 선생님이 저에게 글을 잘 쓴다고 하실 때마다 늘 민망했습니
다. '작가'가 아니라는 콤플렉스 때문이기도 하겠지요. 창조한 작품이
아니고 에세이나 칼럼을 쓰는, 이른바 '잡글'을 쓰는 사람이니까요. 이
럴 때는 영어로 'writer'라고만 표현할 수 있으면 참 좋겠다고 생각합
니다. 신문 지면과 시사지에 글을 썼으니 우리 사회의 변화를 늘 민감
하게 바라봐야 한다고 생각했지만 그동안 다소 지친 면이 있었습니다.
'잡글쟁이'라는 콤플렉스와 함께 저조차도 저를 진짜 글쟁이라고 생
각하지 않았던 것이지요. 자기 자신조차 자기를 인정하지 않는데 누가
알아줄 리가 없겠지요.

소설이나 시를 창작해내는 그런 작가는 아직 못 된다 할지라도, 저는
성경의 〈이사야〉서에 나오는 "너희는 위로하라, 내 백성을 위로하라"
는 말씀을 아주 좋아합니다. 어쩌면 하느님이 저에게 내린 사명이 이
것이 아닐까, 하고 거창하게 생각해본 적이 있을 정도입니다. 칼럼이든
에세이든 소설이든 이 세상을 살아가는 데 지친 사람들을 위로할 수만
있다면 잡문가든 뭐든 그게 무슨 상관일까요.

소설가 게오르규는 작가를 잠수함 속의 토끼라고 표현했다고 합니
다. 토끼는 산소의 양에 대단히 민감하기 때문에 산소가 부족해지면 즉

시 죽어버린대요. 승무원들이 산소 부족으로 죽기 대여섯 시간 전에 토끼가 죽어버려서, 그 대여섯 시간 동안 승무원들은 어떻게 해야 할지 결정해야 하는 것이지요. 어쩌면 그 토끼 역할을 맡는 것이 선생님께서 저에게 기대하시는 바가 아닐까 생각해봤습니다. 그리고 그럴 능력을 하느님께서 허락하신다면 기꺼이 수행하는 것이 옳다고 생각합니다. 영어로 직업을 'calling'이라 한다지요. 부르심, 곧 소명을 뜻하는 말일 텐데요. 저에게 온 콜링, 부르심이 글을 쓰는 것이라면 어영부영하게 말고, 또 말씀하신 고래처럼 제 상처만 파고들지 말고 우리 사회 전체를 바라보면서 〈이사야〉서의 명령처럼 사람들을 위로할 수 있는 글을 쓰고 싶다는 새로운 소망을 이번 선생님의 서신을 읽고 품게 되었습니다. 감사드립니다. 다만 아까도 말씀드렸지만 선생님과 서신 교환을 거듭할수록 저는 저 자신의 아주 추한 밑바닥이 다 드러나고 얄팍한 생각, 저열한 사고가 모조리 까발려지는 것 같아 아주 부끄럽답니다. 출산 이야기도 그랬지만 '일베'와 서북청년단 같은 경우에도 "미친 놈들!"이라 한 마디로 치부해버리는 것은 여자면 무조건 "김치년"이라 부르며 매도하는 것과 별다르지 않다는 생각을 비로소 하게 되었습니다. 서북청년단원을 만나본 적까지 있으시다는 선생님의 말씀에 놀라기도 했고요.

어쨌거나 잠수함 속의 토끼로서 사명을 충실히 이행하기 위해서는 사물을 볼 때 한 방향으로 볼 것이 아니라 여러 방향에서 봐야겠다, 좀 더 생각이 깊어져야겠다, 그런 생각을 여러 차례 했습니다. 이번 편지를 쓰기 전에 스스로가 정말 부끄러웠답니다. 하지만 이런 부끄러움을 고쳐나가면서 진정한 어른이 되어 가는 것이 아닐까, 애써 자신을 위로하고 있습니다. 선생님처럼 신중하고 생각이 깊은 분도 스스로가 부끄러우셨던 적이 있는가요? 문득 궁금해집니다.

경박한 오만

현.진.에.게

어쩌다가 이 작업을 시작했지만 다시 한 번 사람 사이에, 더구나 가까운 사람들 사이에 의견을 나누는 것이 쉬운 일이 아니라는 생각이 듭니다.

아이를 낳아 기르는 경험을 강조한 것은 우리 민족의 저출산을 걱정해서가 아닙니다. 더더구나 앞으로 좋은 세상을 만들기 위해 아이를 낳아 잘 교육시켜야 한다는 생각 따위도 해본 적이 없습니다. 우리 민족만이 아니라 여러 나라가 저출산 문제로 고민하는 것을 알고 있습니다. 우리 이웃나라 정부의 어떤 고위 책임자 한 분은 이 문제에 관해 '여자는 애를 낳는 기계인데, 이 기계가 잘 작동하지 않아 결국 생산성이 나빠진 것이 문제'라는 식의 끔찍한 발언을 해서 말썽이 난 기억도 있습니다. 솔직히 왜 사람들이 현재 지구가 그리고 인류가 당면하고 있는 수많은 문제들이 있는데도 특정한 나라의 저출산 문제에 그렇게 좋은 머리들을 썩히는지 이해할 수 없습니다. 그러는 사람들은 결국 "누구 좋으라고 애를 낳느냐"라고 말하는 사람들과 똑같은 것이 아닌가 합니다. 어째서 어떤 특정한 나라 혹은 민족만이 계속해서 종족 번성을 이뤄 풍부한 노동력이 계속되어야 한다고 생각하는지 알 수 없는 일입니다. 우리가 염려해야 하는 일은 오히려 우리가 돌볼 수 있는 능력에 비해 인구가 너무 빨리 늘고 있는 것이 아닌가 하는 것입니다. 지금도 조금이라도 나은 삶을 위해 무리하게 유럽 같은 선진국에 들어가려다가 목숨을 잃는 사람들의 소식을 자주 듣습니다.

요즘 제가 사는 아파트에는 개를 기르는 분들이 많습니다. 이 사람들에게는 개가 삶의 중요한 일부분인 것 같아요. 그래서 개 병원도, 호텔도, 심지어는 개 전용 텔레비전 채널도 있다고 합니다. 개를 기르면서 그분들의 생활이 더 보람 있다면 반대할 이유가 없지요. 그러면서도 저는 마음 한구석에 아쉬운 감이 남습니다. 종족 중심의 이기심일까요?

영국에서 근무할 때 함께 일하는 직원들이 난감하게 여기는 일이 하나 있었어요. 매달 한 번씩 저의 직장에 와서 시위하는 분들이 있었는데 반드시 개를 한 마리, 그것도 한국의 진돗개를 끌고 와요. 짐작이 가시겠지요. 도살되기 직전에 그 개를 구해냈다는 사연이 적힌 피켓도 있습니다. 보신탕에 대한 항의입니다. 김대중 대통령께서 방문하셨을 때도 행사장에 이분들이 나타났어요. 직원들 중에는 애써 일구고 있는 한국에 대한 좋은 이미지가 이런 일 때문에 한꺼번에 무너져버린다고 탄식하는 분들도 있었지요. 저는 오히려 이분들의 항의에 공감이 가는 편이었습니다. 이분들만이 아니라 동물에 대한 학대에 항의하는 사람들에게도 찬성하는 편입니다. 그런데도 어느 한구석 정리되지 않는 찜찜한 생각이 있어요. 동물에 대한 사랑에 어쩌면 사람에 대한 사랑의 실패나 심지어 혐오가 반영되어 있을 수 있겠다는 생각입니다.

미하일 불가코프의 《거장과 마르가리타Master and Margarita》에 예수님의 재판 장면이 나오지요. 폰티우스 필라투스는 죄인 예수가 자신이 내리는 판정을 받으러 앞에 나타나자 우선 혐오스러운 생각에 사로잡힙니다. 예수는 그에게 엉뚱한 말을 합니다. "짐승을 사랑하기보다 사람을 사랑해야 한다." 폰티우스 필라투스는 한편 놀라면서도 한편 불쾌했겠지요. 실은 마음속으로 빨리 이 일을 끝내고 자기가 좋아하는 애견과 함께 있고 싶었기 때문입니다. 그는 오랜 군 생활을 거치면서 사람에 대한 혐오가 깊어져 사람보다 '방가'라는 개를 매우 사랑했다고 합니다. 까닭을 묻는 총독에게 예수는 자기를 보자마자 손으로 개를 쓰다듬는 동작을 보고 그런 일을 알았다고 답합니다. 그 소설에서는 총독이 연옥에까지 그 개와 함께 갔다고 나옵니다. 영국이나 혹은 다른 서양에서 애완동물을 애지중지하는 분들을 보면 생각이 엇갈립니다. 어떤 면에서는 동물에게라도 사랑을 쏟으며 사는 분들을 이해할 수도 있지만 다른 면으로는 편리한(?) 사랑에 집착하는 것이 어딘가 사람으로서 옳지 않은 것 같은 생각도 듭니다.

현진, 적어도 저에게는 아이의 탄생이 구원이었습니다. 그저 핏덩이에 불과한 아이에게서 앞날에 대한 희망과 함께 온갖 어려움에도 불구하고 세상을 살아가야 할 이유가 보였습니다. 아이를 기르면서, 아이가 성장하면서, 제가 성장하는 것을 경험하면서 다시 태어난 것 같았습니다. 아이를 통해 사람에 대한 자세도 근본적으로 달라졌지요. 어떤 사람을 볼 때 능력이나 자격, 교양, 행동이 아니라 단지 '사람'이라는 사실을 그리고 무엇보다 핏덩이 아이였을 때 부모가 그를 위해 기울였을 애착과 정성을 생각합니다. 아이가 태어났다고 해서 제가 처했던 각박한 현실이 바뀐 것은 하나도 없었습니다. 현실을 보는 제가 바뀌었지요. 아이를 잘 '교육'해서 세상을 좋게 만드는 데 기여하겠다는 생각 따위와는 거리가 멀었어요. 아이는 혁명이었지요. 저만의 경험은 아닙니다. 제가 아는 어떤 모녀의 이야기입니다. 과부가 되신 마나님이 마침

홀로 된 따님하고 살고 계셨어요. 집은 두 과부가 살기에 너무 커서 늘 삭막하고 무서웠다고 해요. 그런데 따님에게서 아이가 태어났습니다. 그 핏덩이 아이 하나로 큰 집이 가득 차는 것 같았고 집안은 더이상 삭막하지도 무섭지도 않고 늘 웃음꽃이 가득했다는 말씀을 들었습니다.

현진이 리영희 교수님과의 대화를 인용한 것을 보면서 오히려 슬픈 생각이었어요. 아직도 이런 생각을 하시는 분들이 있다는 사실에 한숨이 나왔습니다. 결국 현진이 이해하는 '신자유주의' 아래서 세상이 자꾸 나빠지면, 민중이 들고 일어나 모든 것이 바뀌면서 '역사'가 '나선형'을 그리며 발전하리라는 점잖은 말씀이지요. 사람들의 어리석음에는 한이 없는 것 같아요. 특히 지식인들 중에는 눈 뜬 장님처럼 눈앞 현실은 보지 못하면서 (혹은 보지 않으려 하면서) 자기들의 머릿속 생각에만 집착해 사는 분들이 있는 것 같아요. 긴말은 줄이고 책 하나를 소개할게요. 1958~1962년 사이에 중국에서 일어난 기근에 관한 프랑크 디코터의 《모택동의 대기근 Mao's Great Famine》입니다. 저자는 오랜 기간 힘겹게 모든 통계들을 철저하게 조사하고 연구해 이 책을 썼어요. 이 책에 따르면 모택동이 시작한 이른바 '대약진 운동' 시기에 대략 4500만 명이 굶어 죽었다는 것입니다. 중국 정부는 이것이 자연재해 때문이었다는 식으로 설명하려 하지만 실은 모택동의 잘못된 정책 때문이었다는 것이 저자 그리고 대부분 학술 연구를 한 사람들의 결론입니다.

지난 세기는 큰 전쟁과 큰 혁명의 기간이었어요. 이런 큰 사건들에는 모두 그럴듯한 명분이 있었지요. 그러나 실제로 이런 큰 사건 와중에서 사람들은 엄청난 고통과 희생을 치러야 했지요. 그런 희생을 치르고 세상은 얼마나 좋아졌습니까? 러시아혁명 당시 그리고 그 이후 소련에 관해 많은 지식인들이 큰 기대를 했고 일부는 적극적으로 이에 동조하고 참여도 했지요. 저 역시 그 시대에 살았더라면 어떤 방식으로라도 그런 일에 가담했을 거라고 생각합니다. 그런데 그후 세상은 얼마나 좋아졌습니까? 혁명 후 소련 공산당이 통치한 70여 년 사이 사람들은 '신자유주의' 아래에서와 달리 행복하고 충족한 생활을 이어갔습니까? 공산당 통치가 무너진 이후 오늘날 러시아는 어떻습니까? 새로운 세상을 위해 나치스 독일 못지않게 600~800만의 사람들을 숙청하고 시베리아 집단 수용소에 유형을 보낸 역사가 '나선형'을 그리면서 발전했습니까? 중국 혁명에서도 정치적인 숙청이 있었지요. 가장 잘 알려진 문화혁명의 경우에도 고문과 살해를 당한 희생자가 수천만 명에 이릅니다.

천안문광장 학살 이후 일본에서 열린 학술회의에 참가한 일이 있습니다. 그때 진보 학자 한 분이 천진난만한 표정으로 저에게 이런 질문을 하던 기억이 납니다. "어떻게 '인민해방군'이 인민을 학살할 수 있습니까?"

영국 유학 시절 많은 학생들에게 존경받는 교수님이 계셨어요. 경제

학자인 존 로빈슨 교수는 학문적으로도 훌륭하셨지만 인품도 좋으셔서 특히 외국인 학생들에게 친절하셨지요. 중국에서 문화혁명이 일어나자 이분은 이 '혁명'과 모택동에 대한 열렬한 지지자가 되었습니다. 강연도 하시고 사석에서도 열정을 갖고 이것이 인류 역사상 획기적인 '혁명'이라고 찬사를 보냈지요. 저도 다른 학생과 마찬가지로 이분의 말씀을 그대로 받아들여 중국에서 인류 역사에 새로운 변화를 가져다줄 사건이 일어나고 있다고 생각했지요. 그래서 가능한 한 여러 가지 자료들도 찾아보곤 했습니다. 그러나 후에 알게 된 이른바 '문화혁명'의 실상이란 너무나 충격적인 것이었습니다. 그럴듯한 명분으로 실은 몇 사람의 권력투쟁에 불과한 사건들을 일으켜 수많은 사람들을 비참한 운명으로 몰아넣고 나라 전체를 엄청난 혼란으로 몰아간 것이었지요.

그후 중국은 사회주의는 적당하게 정리하고 아마도 가장 자본주의적인 나라로 바뀐 것이 아닌가 합니다. 일본 학자들 중에는 일본이 가장 사회주의적이고 중국이 가장 자본주의적이라는 말을 농담 삼아 하는 사람들도 있습니다. 가끔 이런 생각을 합니다. 중국이 내전을 거치면서 엄청난 희생을 치르지 않고 국민당 통치가 계속되었더라면 지금의 중국과 크게 달랐을까 하는 생각입니다. 지난 세기에 혁명으로 세상을 더 좋게 만들겠다는 사람들은 모택동이나 레닌, 스탈린만이 아닙니다. 어떤 의미에서 히틀러도, 폴 포트 같은 사람도 일거에 세상을 좋게 만들려는 이상주의자들이었습니다. 공통점은 직업적인 학자는 아니었지만 지적인 소양과 품성을 갖춘 지식인들이었다는 점입니다. 이런 분들은 구체적으로 현실에서 삶을 영위하는 사람들보다 자기 머릿속에 있는 '현실'들이 더 중요합니다. 이런 일들은 지난 세기로 끝이 났어야 합니다. 그렇지만 사람들의 어리석음은 끝이 없겠지요. 마찬가지로 지식인들의 경박한 오만도 세상이 끝나는 날까지 계속되겠지요.

리영희 교수님에 관해서는 저도 기억이 하나 있습니다. 언젠가 몇 사람이 함께 저녁 식사를 하는 자리에서 제가 이런 질문을 한 일이 있습니다. 그 직전에 교수님이 통일에 관해 '남한의 경제력과 북한의 도덕성이 잘 조화될 것이다'라는 취지로 말씀하신 적이 있습니다. 그래서 "남한이 그렇게 도덕적인 사회라고 생각하지 않지만 그렇다고 북한이 도덕적인 사회입니까" 하고 물었습니다. 교수님은 조금 당황하시면서 '이를테면 반드시 그런 것은 아니지만 그렇게 말해야 모든 일들이 잘 되지 않겠는가' 하는 뜻의 답을 하셨습니다. 그 자리에서 더이상 이 문제에 관한 대화는 없었습니다. 그러나 나는 아직도 교수님이 무슨 뜻으로 그런 말씀을 하셨는지 잘 이해하지 못하고 있습니다.

로빈슨 교수님 같은 분이 문화혁명을 인류 역사에 위대한 새로운 실험으로 높이 찬양하고 있을 때 수많은 사람들이 영문도 모른 채 고문당하고, 친한 친구 심지어 가족 사이에서도 상대방을 배신하고 고발해야

하고, 공개적인 장소에서 자신도 알 수 없는 죄를 고백하며 수모와 구
디를 딩해야 했디는 것을 생가했겠습니끼? 혹은 생가해보려고 했겠습
니까? 혹은 리영희 교수님이 북한의 '도덕성'을 높이 평가하셨을 때 영
문도 모른 채 강제수용소에 끌려가 죽지 못해 견뎌야 하는 삶을 지탱하
는 수많은 사람들을 생각해봤겠습니까? 굶다 못해 목숨을 걸고 탈북하
는 과정에서 상상하기도 어려운 고통을 당해야 하는 사람들을 생각해
봤겠습니까? 아마도 그런 생각들은 애초에 없었을 것입니다. 지식인들
에게 중요한 것은 살아 있는 사람들의 구체적인 삶이 아니라 자신의 머
릿속에 있는 추상적인 개념들이기 때문입니다. 이것은 물론 중국이나
북한에게만 해당되는 것은 아닙니다. 정도나 형태에 차이가 있을지언
정 세상 어디에서나 일어날 수 있는 일입니다.

1980년대 어느 날이라고 기억하는데, 미국에서 명성이 높은 정치학
자 브레진스키 교수가 한국에 와서 강연을 한 일이 있습니다. 학계에
많은 업적을 내놓아 세계적으로 유명한 분이어서 기대하고 강연장에
갔습니다. 강연 내용은 별 특별한 것이 없었지만, 한국의 현 정세에 관
해 하신 말씀에 충격을 받았습니다. "전두환 대통령이 한국의 위기를
수습한 것은 프랑스의 드골 대통령과 같은 업적"이란 언급에 놀라기보
다는 차라리 한심한 생각이 들더군요. 머릿속에서 얼핏 제2차 세계대
전 말기 파리에서 개선 행진을 하던 드골 장군과 50년대 말 이른바 알
제리 위기를 수습하면서 정계에 복귀한 드골 대통령의 모습 그리고 광

주에서 처참하게 학살당한 시민들의 이미지가 떠오르면서 깊게 한숨을 내쉬었던 기억이 있습니다.

한동안 많은 분들이 북한의 '붕괴' 혹은 '급변 사태'에 대한 준비를 해야 한다는 이야기를 했습니다. 그 저변에 아마도 이런 사태가 일어나면 우리 민족이 그렇게 바라는 통일로 이어지기 쉬운 상황이 전개되리라는 희망적인 생각이 있었겠지요. 저는 이런 말을 들을 때마다 과연 북한에서 삶을 영위하는 사람들에게 이 말이 무엇을 의미하는지 생각해봤는지 하는 의문이 들었습니다. 우선 제가 생각했던 것은 어떤 체제 혹은 질서가 붕괴할 때 그 안에 살고 있던 분들이 당해야 하는 어려움이었습니다. 저는 기회가 있을 때마다 급변 사태에 대한 준비를 하기보다는 그런 사태가 일어나지 않도록 예방하는 것이 더 중요하지 않겠는가 하는 말을 했습니다. 어떤 중요한 정치적인 기획일지라도 많은 사람들의 희생과 고통 위에서 이뤄져서는 안 되기 때문입니다.

현진이 작가의 사명을 옛 잠수함 속 토끼에 비유하고, 〈이사야〉서에 있는 대로 백성을 위로하는 역할로 쓴 것을 봤습니다. 좋은 생각입니다. 저는 그것에 덧붙여 세상의 진실을 증언해야 한다고 말하고 싶습니다. 훌륭한 작가는 보수, 진보 혹은 어떤 이념이나 교리, 이론의 틀에 갇혀 세상을 보는 것이 아니고 이런 틀 속에 감춰진 사람에 관한 진실을 증언해야 한다고 생각합니다. 버지니아 울프가 했다는 말이 생각납니다. 자신은 이념이니 계급이니 사회 구조니 하는 말들이 무엇을 의미하는지 잘 모르겠다는 것이었습니다. 자기가 아는 것은 사람들의 애정, 야심, 정열, 시기, 질투 같은 것뿐이라고요. 저는 분명히 현진에게 훌륭한 작가의 소질이 있다고 생각하고 그렇게 기대합니다.

오래 전 대학 시절 읽었던 책의 한 구절입니다.
월터 로스토의 말입니다.

당신들 심리학자나 사회학자들은 사람들을 해체하는 일은 잘하지. 그래서 인간이 한 세트의 추상체가 되도록 그들의 행태를 분석하는 것에 능하지. 그러나 그 인간을 다시 복원시켜놓아서 이 추상체들이 실제 현실에서 살아 있는 사람들의 매일매일의 생활에 무엇을 의미하는지 이해하게 해줄 수 있는가? 그래프나 통계 그리고 일반화된 명제들 대신에 말이야(레이먼드 A. 바우어Raymond A. Bauer, 《Nine Soviet Portraits, A Set of Synthetic Portraits of "Typical Soviet Types"》, Technology Press of MIT, 1955에서 인용).

현진의 글 말미에 저에 대한 질문은 정말 저를 부끄럽게 만듭니다. 스스로 부끄러웠던 일이 있었는가 하는 물음을 보면서 민망했습니다. 제가 평소에 얼마나 진정한 자기를 잘 감춘 채, 아닌 채, 잘난 채, 점잖은 채 내숭을 떨고, 거기다가 훌륭한 척 자랑을 곁들였으면 현진이 이런 질문을 하겠습니까? 부끄럽게 여기며 앞으로는 좀더 조심하겠습니다.

세상이 조금은 격정적이어야 하지 않을까요?

선.생.님.께

저도 세상을 더 좋게 하기 위해 애를 쑥쑥 낳아서 우리나라의 경쟁력과 노동력을 지켜야 한다는 생각은 아니었답니다. 선생님의 "아이를 낳아 기르면서 살아야 할 이유를 발견했다"는 말씀을 오래 생각해봤습니다. 인류가 낙원에서 쫓겨난 이후 세상이 자기에게 친절할 것이라 기대해서는 안 되지만, 결국 예수도 구유에 누운 어린아이였듯이 생명을 이어가는 어린 생명들이야말로 그나마 이 세상에서 희망이라 부를 수 있는 것이 아닌가, 하는 쪽으로 생각이 바뀌었습니다. 누구 좋으라고 애 낳아? 하는 생각이 선생님 말씀대로 극과 극은 통하는 것처럼 아이를 단지 노동력이나 생산성으로 생각하는 사람과 통했던, 그런 생각에서 선생님 덕분에 조금 탈피하게 된 것입니다.

항상 선생님께서 누구보다 쿨하고 현대적인 분이라고는 생각해왔지만 역사가 나선형을 그리며 발전한다는 말에 위로와 희망을 얻었던 저에게 직설적으로 아직도 이런 말을 믿는 순진한 사람들이 있는가, 하는 말씀은 다소 충격이었답니다. 신자유주의와 대치되는 어떤 주의에서도 사람들이 행복했다는 생각은 들지 않습니다. 리영희 선생님은 역사가 나선형을 그리며 발전했다는 것에서 희망을 보셨다면, 선생님께서는 어떤 점에서 희망을 보시는지요. 북한의 '도덕성'과 남한의 '경제력'의 조화는 어떻게 보면 순진하고, 지나치게 희망적인 생각이라고 할 수 있겠네요. 선생님이 누누이 말씀하셨던 것처럼 북한의 정치는 김씨 일가의 독재와 국민들을 먹여 살리지 못하는 죄가 있겠지만, 인간으로서 응당 갖게 되는 지적이고 정서적인 욕구를 모두 틀어막은 것, 이것이 굉장한 죄라는 말씀에 공감합니다.

저는 생전에 리영희 선생님과 그렇게 가까운 사이는 못 되었습니다만 북한에 대해서, 또 공산주의에 대해서 약간은 희망과 연민을 갖고 계시지 않았나 하는 생각이 듭니다. 어떤 글에서 "공산주의가 무너진

것은 결국 인간성의 문제다"라고 하신 적이 있지요. 공산주의는 유토
피아적일지 모르지만 그것을 시행하는 인간의 인간성은 믿을 바가 못
된다는 말씀이셨던 것 같습니다. 문화대혁명에 대해서도 생전에 말씀
을 들은 적이 있습니다. 거대한 혁명이라서 '대' 혁명이었던 것이 아니
라 여러 가지로 혁신적인 것, 이를테면 의사 같은 엘리트 계층을 의무
적으로 시골 오지에 일정 기간 근무하게 하는 그런 혁명을 말씀하셨는
데, 선생님의 말씀을 듣고 보니 문화혁명에 대해서도 희망적이고 다소
낭만적인 면을 강조하셨던 것도 같습니다. 물론 배운 바가 적은 제가
이렇다 저렇다 할 것은 아니지만, 리영희 선생님은 낭만적인 분이셨어
요. '그렇게라도 말하지 않으면 어떡하냐'라는 뜻으로 말씀하셨던 것
은 아마 이런 게 아닐까 싶습니다. '남한에 없는 도덕성이 북한에라도
있었으면 좋겠다.' 선생님의 로맨틱한 희망이 아니었을까, 짧은 생각을
해봅니다. 하지만 북한에 우리가 기대하는 순수함이나 도덕성이 남아
있기를 바라는 것은 무리한 일이겠지요.

《제7수용소로부터의 탈출》이라는 책을 선생님도 잘 아시지요? 그
책은 아시다시피 수용소에서 태어나 북한을 탈출한 젊은이의 수기입
니다. 그런데 살기 위해 탈출 계획을 꾸민 어머니와 형을 고발하고, 그
러면서도 죄책감을 느끼지 않았다는 그의 술회가 저에게는 큰 충격으
로 다가왔습니다. 더 큰 충격이었던 것은 고압 전선으로 된 울타리를

통과하기 위해 수용소 친구와 함께 가다가 그만 전선에 닿은 친구가 먼저 죽자, 그 친구의 몸을 이용해 최소한의 화상만 입고 겨우 탈출한 그가 그 점에 대해서도 어떤 감정도 느끼지 못했다고 담담히 고백하는 장면이었습니다. 아마 제 또래 젊은이기 때문에 더 충격적이었는지도 모르겠습니다. 배고픈 것도 배고픈 것이지만 모든 감정이 그렇게 박탈되는 사회, 저로서는 상상도 하기 힘듭니다. 선생님이 쓰신《아웅산 테러리스트 강민철》이라는 책에 등장하는 미얀마 테러 사건의 주범 강민철이 25년간이나 복역하면서 하루도 결혼하고 싶다는 이야기를 안 한 적이 없다지요. 그런 것처럼《제7수용소에서의 탈출》의 주인공도 미국에 가서 교포 아가씨와 비로소 아주 격정적인 연애를 했다고 읽었어요.

몇 년 전 제가 글을 쓰던 잡지의 연말 모임에서 가까스로 북한에서 탈출한 아가씨와 합석한 적이 있습니다. 오스트레일리아까지 도망을 쳐서 남한으로 입국했는데, 그곳에서 연인을 만나게 되었다고 반짝이는 눈으로 이야기하던 것이 생생히 기억납니다. 지구 반대쪽이라고 해도 좋을 만큼 먼 나라에서 애인이 곧 자신을 만나러 올 것이라고 말하며 고운 뺨을 붉혔죠. 도덕성은 모를 일이나 적어도 지금 남한의 젊은이들이 잃은 '격정'이라는 것을 어쩌면 그들은 지니고 있을지도 모른다, 그런 생각이 듭니다. 세상이 조금은 격정적이어야 재미있잖아요?

물론《폭풍의 언덕》의 캐서린이나 히스클리프 정도까지 격정적이면 여러 사람이 괴롭지만 적어도 어느 정도는 격정적이어야 사는 맛이 날 텐데, 요즘 우리 사회는 사람들이 모두 살기 힘들다, 어떻게 살면 좋은가 같은 근심 걱정을 하느라 격정이 자리잡을 곳이 없는 듯합니다. 격정보다 오히려 '분노'는 충만해 있지요. 그것도 마땅히 대상이 없는 분노 말이에요. 신자유주의 체제 아래서 살아가는 젊은이들이 약간 곤란한 것은 뚜렷한 적이 없다는 것이 아닌가, 하고 저는 전부터 생각했습니다. 전쟁 전후 세대는 가난과 싸우고 반공에 동의할 수 있었고, 4·19세대는 독재에 반대할 수 있었고, 그 이후 세대도 민주화라는 거대한 대의에 투신했는데, 그렇게 투신할 명분이 있었다는 것도 어떤 행운이 아닐까요. 신자유주의 아래서 살아가는 세대는 도대체 무엇과 싸워야 할지 알지 못하기 때문입니다.

신자유주의와 자기계발은 맥이 상당히 닿아 있는데, 결국 '나태한 자기 자신'을 적으로 규정하는 경우가 많은 것 같습니다. 그렇지만 자기 자신을 적으로 규정하는 것은 불행한 일이 아닐까요. 극기를 통해 자신을 극복하는 것과 세상이 만든 어떤 기준에 도달하지 못한다고 자기를 적대시하고 미워하는 것은 상당히 다르잖아요. 어떻게 하면 자기를 미워하지 않고 자기를 지켜낼지, 이것이 지금의 이삼십 대에게 큰 과제가 될 것이라는 생각이 듭니다.

신자유주의의 특징 중 하나는 '모든 것이 너(나) 때문이야'라고 개인에게 책임을 돌리는 점이 아닐까 합니다. 사회적 장치나 체제를 생각하지 않고 무조건 열심히 노력하지 않는 자신을 탓하면서 다 내가 못난 탓이다, 이렇게 생각하게 되는 것이 자기계발 열풍이 부는 사회의 특징인 것 같습니다. 이러한 사회에서 지나치게 자학하지 않고 자기를 지켜내는 방법은 무엇일까요? 선생님이 글쓰는 사람으로서 잊지 말아야 할 의무로 '진실'을 이야기하는 것이라 말씀하셨는데, 그 말씀을 받들어 '진실'을 선생님께 여쭙는다고 보시고 선생님이 생각하시는 만큼만 지혜를 좀 빌려주시면 감사하겠습니다.

그리고 자기를 부끄러워한 적이 있냐는 질문에는 결국 대답을 안 하시고 구렁이 담 넘듯 넘어가시다니요! 제가 늘 말씀드렸다시피 선생님께서는 대한민국 1퍼센트라니까요. 가래침 탁탁 뱉지도 않고, 취하도록 술을 마셔서 추태를 부리는 것도 아니고, 아가씨들에게 희롱 섞인 농을 걸지도 않고 약간 쌀쌀할 정도로 매너를 지키는 분이 어디 있다고요. 그러니까 말씀 좀 해주세요. 선생님도 어떨 때 자기가 밉고 부끄러웠는지, 그리고 어떻게 그것을 극복하셨는지 정말 궁금합니다. 이러면 선생님은 제가 지나치게 선생님께만 관심이 많다고 또 말씀하시겠지요? 이 책의 시초가 그것인데 어쩌겠어요. 허심탄회하게 마음을 털어놓아주시기를 기대하겠습니다.

날씨가 많이 추워지고 이제는 겨울이 다가왔습니다. 나뭇잎이 모두 떨어져버렸어요. 코가 싸늘해지는 초겨울의 추위 속에 새벽 기도를 갈 내닌, 짧게나마 만드시 신생님을 위해 기도힙니다.

설레는 마음으로 다음 편지 기다리겠습니다.

이야기가 주는 힘

현.진.에.게

주말에 〈카틴Katyn〉이라는 폴란드 영화를 봤습니다. 무심코 텔레비전 채널을 여기저기 기웃거리다가 마침 유럽 영화들을 보여주는 프로그램에 나온 영화였지요. 오래전 폴란드를 갔다가 어느 박물관에서 이 사건에 관련된 문서들을 전시해놓은 것을 본 기억도 있습니다. 이 사건에 관해서는 소련 붕괴 과정에서 사실이 모두 밝혀지기까지 계속 논란이 그치지 않았기에 우리에게도 잘 알려졌지요.

제2차 세계대전 중 폴란드를 침략한 소련군은 많은 폴란드 군인을 포로로 삽습니다. 그들에서 후일 공산 통치에 장애가 될 민간 정교들 그리고 지식인 등을 추려서 학살한 뒤 카틴 숲 큰 구덩이에 버리고 흙을 덮었지요. 후에 밝혀진 바에 따르면 이 사건은 당시 소련의 인민내무위원회NKVD, People's Commissariat for Internal Affairs 위원장이던 라브렌티 베리야의 작품으로 스탈린이 위원장이던 소련 공산당 정치국의 승인을 받아 집행된 것입니다. 희생자들 중에는 해군 제독도, 장군들도 있었지요. 숫자는 2만 2000~2만 5000명 혹은 정확하게 2만 1857명이라고도 합니다. 이 사람들의 운명을 결정지은 것은 문서 한 장, 인민위원회의 기획을 승인한다는 종이였어요. 저는 이 모든 내용들을 잘 알고 있었습니다. 그러나 영화는 이 처참한 사건의 참혹한 장면 말고도 그보다 더 비참한 다른 한 장면을 더욱 생생하게 보여줍니다.

처형 장면도 물론 참혹합니다. 희생자들은 자기들을 기다리고 있는 운명을 모른 채 차에 실려 어떤 곳으로 갑니다. 어쩌면 그렇게 기대하던 석방이 되는 줄 기대했는지도 모르지요. 그러나 건물 입구에 들어서는 순간 모든 것이 바뀝니다. 희생자 양편에서 집행인들이 달려들어 팔을 붙잡고 심문실로 데려가서는 간단하게 인적사항을 확인합니다. 확인이 끝나면 양팔을 뒤로 묶고 처형실로 데려가 무릎을 꿇게 하고는 권총으로 머리 뒤를 쏩니다. 희생자는 앞으로 쓰러지고 시체는 마련된 통로를 통해 밖에서 기다리는 차에 실립니다. 바닥에 고인 피를 물로 씻어내면 다음 희생자가 들어옵니다. 트럭에 실린 시체들은 숲 속 큰 구덩이에 던져지고 구덩이가 시체로 가득 차면 불도저가 그 위에 흙을 덮습니다. 학살 그 자체도 끔찍하지만 그 이후 이런 행위를 일체 부인하고 그것을 독일 소행이라고 견강부회하는 식의 행태나 억지로 증거를 조작하고 증인을 만들어내는 모습도 한숨을 자아냅니다.

학살당한 사람들의 생환을 기다리며 희망과 집념 속에서 생활하는 가족들의 모습도 이에 못지않게 비참합니다. 가족들만이 아닙니다. 함께 포로가 되었다가 소련 측에 잘 보이거나 운 좋게 살아남은 사람들도 마찬가지로 죽기보다 어려운 생활들을 이어갑니다. 살아남아 소련군 점령하에 새롭게 편성된 폴란드 군에 복무하게 된 어떤 장교는 이런 사실을 알면서도 제대로 알릴 수 없는 상황을 고민하다가 어느 날 장교클럽에서 큰 소리로 항의하고 자기 머리를 총으로 쏘아 자살하고 맙니다.

많이 알려진 사건인데도 이 영화 이야기를 길게 한 것은 몇 가지 생각나는 것이 있어서입니다. 저는 당연히 전공 분야와 관련해 이 역사적인 사건에 관해 여러 가지 문헌도 보고 나름대로 생각해본 일도 있습니다. 그러나 영화를 보면서는 이것이 머릿속의 문제가 아닌 구체적인 사람의 경험의 문제가 되었습니다. 우선은 피해자들, 살해당한 사람들이나 그 가족들 혹은 같은 운명에 처했다가 생명을 건졌지만 받아들이기 힘든 현실과 타협하면서 살아야 하는 사람들의 고통입니다. 또다른 면으로는 가해자들의 고통입니다. 영화에서는 살인을 집행하는 사람들이 무표정하게 기계적으로 움직이는 자동인형처럼 처리되었습니다. 그러나 그분들도 사람인데 그런 참혹한 경험을 하고 나서 정상적으로 살아갈 수 있었겠습니까? 자기 부인을 끌어안으면서 아이들을 품에 안으면서 사랑하고 귀여워하면서 어떤 심경이었을까요?

기억하시는지 모르겠습니다. 몇 년 전 우리나라에서 구제역이 창궐한 일이 있었지요. 그때 가축들을 대거 없앴습니다. 그 일에 동원된 분들 중에는 그 경험 때문에 악몽에 시달리는 분들이 많았다는 보도를 본 일이 있습니다. 이른바 '외상 후 스트레스 장애PTSD, Post Traumatic Stress Disorder'라 부르는 증상 아니겠습니까? 그런데 하룻저녁에 수만 명의 생때같은 목숨을 자신들의 손으로 처리한 사람들의 후일담은 어디에서 어떻게 찾아볼 수 있을까요? 이 사람들은 후에 이 기억을 안고 살아가기 위해 어떤 일들을 했을까요? 주변에 더 나쁜 짓을 하는 외향적인 혹은 자기를 괴롭히는 내향적인 파괴를 계속했을까요? 실은 이런 일들이 먼 나라에만 있었던, 우리와 관계 없는 일들이 아닙니다. 그렇게 멀지 않은 과거에 우리에게도 있었던 일입니다.

몇 년 전 외국에서 열린 어떤 국제회의에서 이런 문제를 다룬 "영혼의 어두움Darkness of Heart"이라는 제목의 짧은 글을 발표했습니다. 조셉 콘래드의 《암흑의 핵심Heart of Darkness》은 아프리카에만 있는 것이 아니지 않습니까? 주로 피해자들의 인권을 다루는 회의였지만 저는 국가의 권력에 의해 이런 일에 투입되는 가해자들의 문제를 생각하지 않을 수 없었어요. 그들도 사람이기 때문이지요. 마음속에 어두운 상처를 안고 사는 사람들의 그후 인생은 어땠을까 하는 생각을 떨쳐버릴 수 없습니다. 겉으로는 멀쩡한 사람이지만 내면은 영화에서 흔히 보는 좀비 같은 인간들이 세상에 있었을까요? 가해자나 피해자나 함께 이런 상처들을 안고 사는 '인간 혼돈human chaos'의 와중에도 세상이 그런대로 유지되는 것이 오히려 신통하지 않습니까? 혹은 좀비들의 세상이 되지 않도록 하는 데 영화나 연극 또는 다른 형태의 이야기들이 중요하다는 생각을 하지는 않습니까?

또다른 문제는 실제로 현장에서 멀리 떨어져 이런 일을 꾸미고 집행하는 사람들에 관한 것입니다. 베리야나 스탈린 그리고 소련 공산당의 정치국 위원들에게 이런 일은 사람의 문제가 아니라 서류 한 장에 서명하면 되는 문제에 불과했겠지요. 이들은 나름대로 확신이 있었을 것입니다. 그것이 "역사는 나선형으로 발전한다"는 것이었을까요? 스탈린이 "한 사람을 죽이면 살인이지만 만 명을 죽이면 통계의 문제"라는 말을 했다고 들은 일이 있습니다. 좋은 세상을 만들기 위해서는 눈을 질끈 감고, 어려운 현실을 견뎌나가며 평소 할 수 없는 일도 해야 한다는 생각이었겠습니까? 실은 소련 혁명 당시 대량학살로 알려진 정보부 체카Cheka의 창시자 펠릭스 제르진스키의 시한문에도 이런 구절이 나옵니다. 4년이라는 집권 기간에 자기 나라 인구의 4분지 1을 죽음으로 내몬 폴 포트도 물론 좋은 세상을 만들려는 확신에서 그렇게 했겠지요. 제르진스키, 레닌, 스탈린, 모택동, 폴 포트, 그리고 약간 다른 경우지만 히틀러까지도 모두 근본적으로 나름대로의 사상을 갖고 현실에서 이상을 추구하는 지식인들이었습니다.

일본에서 명망이 높은 만큼 영향력도 큰 언론인과 자리를 함께 한 일이 있습니다. 우익 인사인데도 지난 세기에 지나사변이나 태평양전쟁을 일으킨 일본 군부에 대해서는 매우 비판적이었습니다. 저는 국민을 무모한 전쟁으로 내몬 군부의 몰지각한 행동은 비판받아야 마땅하다는 데에 동의했습니다. 그러나 군부 못지않게 혹은 어쩌면 그보다 더 비판받아야 할 사람들은 일부 지식인들이라고 했습니다. 국가를 위해 온갖 희생을 정당화하고 죽음을 미화하는 등 젊은이들에게 독소적인 영향을 끼쳐 쉽게 군부의 정책에 순응하도록 한 지식인들의 책임을 간과해서는 안 된다는 지적이었지요.

영국의 역사학자 루이스 네이미어가 "대영제국의 성취는 지식인을 우대하지 않은 것에 있었다"고 말한 일이 있습니다. 나는 이것이 반지성주의적인 태도라고 생각하지 않습니다. 지식인들이 빠지기 쉬운 경향, 특히 이것이 현실의 권력욕과 결부될 때 일어날 수 있는 위험에 관한 경고라고 생각합니다.

러시아에서 혁명이 일어나고 소비에트연방이 출현했을 때 많은 사람들이 여기에 큰 기대를 걸었습니다. 당대의 최고 지성을 자랑하던 웹부처 같은 사람들도 이것을 새로운 문명의 출현으로 기대에 차 바라봤지요. 로맹 롤랑 같은 사람도 마찬가지였지요. 아마도 내가 그 당시 살았더라면 같은 행동을 했으리라 여깁니다. 그런데 이 새 문명이 스탈린의 대숙청, 그리고 카틴 숲의 대학살 등으로 이어지고 마침내는 내적 모순을 이기지 못하고 스스로 무너지는 모습을 본 뒤에도 현진의 표현을 빌려 '낭만적인' 정치에 대한 기대가 있다니 놀라운 일입니다.

그렇지만 저는 그래도 세상은 조금씩 좋아진다고 생각합니다. 그리고 앞으로도 좋아지리라는 희망을 갖고 있습니다. 세상의 악함이 극에 달하는 어느 순간에 민중 혁명이 일어나 모든 나쁜 일이 일거에 해결되고 좋은 세상이 오리라는 (끔찍한) 생각은 하지 않지만, 온갖 어려움이나 부정적인 면에도 불구하고 세상은 좋아져왔고 앞으로도 좋아지리라는 희망을 갖고 있습니다. 저의 주변을 돌아봐도 어린 시절에 비해 피부로 느낄 수 있을 만큼 개선된 것들이 있습니다. 특히 어린이와 여성의 지위가 향상된 것입니다. 현재도 물론 모든 것이 부족하지만 그래도 과거에 비하면 많은 진보가 있었고 앞으로 더 그렇게 되리라 믿습니다. 저는 특히 여성들의 사회 진출에 주목하고 있습니다. 유럽 문명사에서 여성의 사회 참여를 매우 중요하게 보는 분들도 있습니다. 예를 들어 일정한 시기에 사람들이 술 대신 차를 마시게 된 것도 여성들이 지리를 함께 하는 기회가 많아진 덧이고, 이런 변화가 사회 전반에 서 칠고 조잡한 분위기를 순화하고 좀더 문화적인 환경을 만드는 데 기여 했다는 의견입니다. 어떤 학자들은 여성의 권리 신장이 평화적인 분위 기에 기여하기에 여성들이 더 영향력 있는 지위에 오를 수록 세상은 더 평화적이 되리라고 보는 분들도 있습니다(스티븐 핑커,《우리 본성의 선한 천 사 The Better Angles of Our Nature》). 그런 글을 읽다가 문득 남북한에 모 두 여성 지도자가 등장하면 강한 입장을 내세우고 군사력을 자랑하는 분위기가 바뀌어 한반도에 마침내 평화가 도래하는 데 도움이 되지 않 을까 하는 생각도 합니다.

세상이 조금씩이라도 좋아지리라 믿고 그 과정에서 작은 일이라도 해야 한다고 생각하면서도, 이 세상에서 모든 불의가 사라지고 정의가 강물처럼 흐르는 일이 있으리라고는 믿지 않습니다. 우리들의 근본 문 제는 우리가 아리스토텔레스의 말대로 "정치적(사회적)인" 존재이며 신 이나 동물과 달리 혼자서 살 수 없다는 데 있습니다. 사람 공동체는 가 족이건 직장이건 혹은 국가건 항상 폭정의 요인이 있을 수밖에 없다 고 믿습니다. 사람 사회는 근본적인 폭정에서 벗어날 수 없습니다. 단 지 정도의 차이가 분류상의 차이를 낳는 것이라고 생각합니다. 어느 공 동체든 항상 차별과 억압과 왜곡의 요인이 있습니다. 다른 성원에 비해 수혜상의 불이익을 당해야 하는(혹은 그렇다고 생각하는) 일부가 있기 때문입니다. 정치이론에서 가장 오래된 문제는 '정의란 무엇인가' 하는 것이지만 아시다시피 이것에 관한 쉬운 답은 없습니다.

어떤 분이 간단한 실험을 해본 일이 있습니다. 한 무리의 사람들을 여러 집단으로 분류하고 치즈 케이크 한 개를 여러 기준으로 집단별로 나눠주는 실험이었습니다. 그런데 어떤 방식을 택하더라도 불공평하다는 비난이 있더라는 것입니다. 데보라 스톤의《정책의 역설Policy Paradox》에 소개된 이야기입니다.

신약에 마르다와 마리아 이야기가 있지 않습니까? 일만 하다가 축복받지 못한 마르다는 당연히 불공정하다고 불평합니다. 그러나 예수님의 답변은 그렇지 않습니다. 잘못은 마르다에게 있다는 것입니다. 가렴주구에 시달리다가 마침내 항거에 나선 농민들에 대한 루터의 답도 마찬가지였습니다. 저는 이런 생각들을 정리해 공정 사회에 관한 토론회에서 기조연설을 한 일이 있습니다. 제목이 "정의의 그늘"이었습니다. 여기서 정의에 관해 새삼 강의를 펼칠 생각은 없습니다. 중요한 사실은 어려움에도 불구하고 사람들은 나름대로 정의로운 사회를 추구하지만 가장 좋은 환경일지라도 그 정의에는 항상 그늘이 있기 마련이라는 말을 하고 싶습니다.

그 그늘에 '이야기'가 있습니다. 저는 이야기야말로 '정의의 예절 혹은 치장decorum'이라고 생각합니다. 이제 '이야기'에 관한 말로 이 대화를 끝내려 합니다. 졸저 《낙동강》에서 세상의 무시운 힘에 관해 이야기하는 도사님에게 한 아이가 그 힘이 무엇이냐고 묻습니다. 할아버지 도사님은 그 힘은 '이야기'라고 답합니다. 사람들의 마음속에 묻혀 있는 이야기 말입니다. 외국의 정신과 의사 한 분은 심한 배신을 당해 괴로움을 겪는 사람들의 치유 과정을 이야기하면서 다른 한 분을 인용하며 이런 말을 합니다. "'어떤 슬픔도 그것을 이야기에 담거나 그 고통에 관해 이야기할 수 있다면 견딜 수 있습니다.' 사람들에게서 이야기를 빼앗는 것이야말로 가장 큰 배신입니다."(애나 펠스Anna Fels, "Great Betrayals")

이야기를 할 수 있다는 것은 큰 특권입니다. 수많은 사람들이 자신의 이야기를 가슴에 묻은 채 살아갑니다. 때때로 그렇게 묻혀 없어진 이야기들이 어디에 있는지 어디로 가는지 생각합니다. 이런 생각도 합니다. 사람들 마음속에 숨겨진 이야기들이 한 방향으로 정리될 때 그것이 그 시대 그 사회의 정의이지 않겠는가.

제 엉터리 기조연설은 라이너 마리아 릴케의 단편 모음《신의 이야기Geschichten vom Lieben Gott》일독을 권하는 변명으로 끝났습니다.

두 나라에서 대사로 근무할 때의 이야기입니다. 두 경우 모두 교포 사회에 개인적으로 자금을 기부하면서 효도에 관해 생각하는 기회를 갖도록 해보라고 권유했다는 이야기를 한 적이 있지요. 이민 사회의 세대 간 관계의 어려움을 생각해서 한 일입니다. 결국 이민 사회의 가족 내부 이야기를 나누는 계기가 된 것인데, 한곳에서는 일정한 성과도 있었습니다. 일본에서의 이야기입니다. 한번은 칠십 대 후반의 할머니 한 분의 이야기가 다른 분들과 함께 뽑혀 저한테까지 왔습니다. 그분의 글을 읽다가 큰 감동을 받았습니다. 이분은 열여섯 살에 일본에서 노동을 하는 분의 신부로 뽑혀 와서 가정을 이루고 4남매를 어렵게 키웠지만, 남편이 사고로 일찍 타계하고 자손들 중에도 두 명이 역시 사고로 먼저 가는 참척을 당하는 고통을 겪었습니다. 그런데도 예순이 되어 글씨를 배웠고 이번 효도를 주제로 한 글 모집에 뽑힌 것입니다. 그분의 일생이 세 페이지짜리 손으로 쓴 글에 담겨 있었습니다. 일본 말로 쓰인 마지막 구절을 아직도 기억합니다. 대략 이런 내용이었습니다. "죽어서도 잊기 어려운 내 가슴의 아픔은 이제 이 글에 모두 담겨 있다."

현진은 이야기할 수 있는 재능을 갖고 있고 그런 의미에서 사람 사회의 특권층에 속합니다. 정의의 그늘에 관한 아픈 진실을 이야기에 담을 수 있지 않습니까? 그런 의미에서는 이 세상에서의 삶을 주신 부모님에게도 그리고 그런 모든 계기를 마련해주신 하느님에게도 감사해야 하지 않습니까?

한 가지, "구렁이 담 넘어가듯" 자기의 부끄러운 경험을 피할 생각은 없습니다. 딴지 부끄러운 일이 하도 많아 무엇을 이야기해야 될지 모를 따름입니다. 가족들부터 시작해서 주변 가까운 사람들, 친구들, 거창하게 이야기하면 민족과 나라 그리고 역사 앞에, 더 나아가서는 하느님 앞에 나 자신에게 부끄러운 일투성이입니다. 프란츠 카프카의 소설 《심판The Trial》이 그렇게 감동적이었습니다. 강물에 뛰어들 용기도 없지만 그것이 옳지도 않은 일이라고 생각할 따름입니다.

중국 친구가 이런 표현을 일러주었어요. "삼강의 물을 다 끌어와도 내 부끄러움을 씻을 수 없다." 저의 지난날을 돌이켜볼 때 늘 생각나는 말입니다. 그러나 부끄러움을 극복하는 방법은 모릅니다. 단지 나의 부끄러운 기억은 다른 사람의 잘못을 이해하고 가능한 한 그것을 용서하는 데에, 조금 덜 잘난 채하고 조금 더 겸손한 데에 도움이 된다고 할까요.

따뜻하고도 달콤한 경험

선.생.님.께

봄부터 겨울까지, 네 계절 동안 선생님과 나눈 이 편지들을 돌아보면서 저 자신에게 굉장한 변화가 있었음을 실감합니다. 편지 왕래를 시작할 때의 저는 세상에서 가장 가까운 사람으로부터 받은 깊은 상처로 마음이 너덜너덜하고 분노로 꽉 차 있는 상태였어요. 그 정도로 피해의식과 분노에 사로잡혀 있는 줄은 몰랐습니다. 그리고 선생님과 편지를 나누면서 서서히 회복되어 가는 과정이 보였습니다. 지금은 차가운 새벽

공기를 뚫고 기도하러 가려고 노력합니다. 잃은 것을 후회하기보다 한 때 가졌던 것들에 하느님께 감사하게 됩니다. 저에게 씻을 수 없는 상처를 입힌 사람을 위해서도 기도하게 되었습니다. 저 역시 살아오면서 여러 사람들에게 크고 작은 상처를 입혔다는 사실을 선생님의 말씀을 들으면서 절감하게 된 덕이 큽니다. 말씀하신 대로 '남에게 피해나 입히지 말고 살자'라고 다짐해도 가만히 생각해보니 내 자신이 존재하는 것만으로도 누군가에게 피해가 될 수 있는 것이더군요.

이야기된 상처는 더이상 상처가 아니라고 종종 말씀하셨지요. 입을 열어서 마음을 털어놓을 수 있게 될 때 비로소 그 사람의 치유가 시작된다는 의미로 제게는 들립니다. 개인적인 상처로 엉망이 되어 있던, 편지를 주고받기 시작할 때의 저는 차마 누구에게도 제가 겪은 일을 털어놓을 수 없는 상태였습니다. 저에게 '이야기'할 수 있게 해주시고, 그 '이야기'를 들어주신 것에 대해 진심으로 감사드립니다. 오간 편지들을 살펴보니 추하고 슬픈 이야기들을 선생님께 토하듯 털어놓으면서 과연, 마음의 깊이 베인 자리에 차츰 딱지가 생기고 아무는 것이 보였습니다.

처음 서신 교환을 시작할 때만 해도 거의 반 세기의 나이 차이가 나는 선생님과 공통 화제를 가지고 이야기할 수 있을까, 하는 걱정이 없지는 않았습니다만 죄송하게도 모조리 괴로워하는 제가 하소연하고 선생님이 달래주신 기록이더군요. 그 덕분에 요즘은 거북이가 머리를 내밀 듯 조금씩 세상으로 기어나가기 위해 노력하고 있습니다.

제가 오랫동안 가지고 있던 의문들에 대해서도 아주 뜻밖의, 의표를 찌르는 답을 주신 것도 많고요. 매일 자살을 생각할 정도로 엉망진창이 되어 있던 봄에서 "인간은 파괴될 수는 있어도 패배할 수는 없다"는 헤밍웨이의 말을 되새길 정도로 튼튼해진 겨울의 저는 다른 사람이 된 기분입니다. 앞으로도 비굴하지 않게 살아가도록, 자기 자신을 불쌍하게 생각하는 인간이 되지 않도록 애쓰려 합니다. 저를 일으켜주셔서 다시 한 번 감사드립니다. 특히 아이를 낳고 기르는 문제에 대해서 이전과는 완전히 다른 시각을 갖게 되었습니다. 제가 얼마나 철이 없는지 편지 내내 드러나서 부끄럽습니다.

편지 교환을 마치면서, 마지막으로 여쭙고 싶은 것이 있습니다. 누구나 가슴에 이루지 못한 꿈의 잔해들이 얼마씩은 뒹굴고 있기 마련이지요. 제가 초반에 선생님을 보면 누구나 동경하는 '일류'의 삶이 아니겠느냐고 말씀드린 적이 있는데, 선생님의 입장에서는 전혀 아닐 수도 있겠지요. 제가 늘 궁금했던 것은 지난 두 정권 동안 정치계의 핵심에서 일하셨는데, 이른바 '금배지' 정도 충분히 다실 수 있었음에도 왜 아니 다셨을까, 하는 것입니다. 실례가 되는 질문이면 부디 넓게 혜량해주십시오. 위키백과에서 선생님의 성함을 검색해보니 16대에 공천을 받으려 했으나 잘 되지 않았다는 내용이 얼핏 나오던데요. 이것이 선생님의 인생 기록에는 '실패'라는 항목에 기록되어 있는지요? 만약 실패라 기억하신다면 그 쓸쓸한 마음을 어떻게 삼키셨는지요. 사소하거나 큰 실패들을 마음속에서 어떻게 처리하십니까?

　좀 무례할 수 있는 질문을 마지막으로 드려 죄송합니다. 다시 한 번 제 손을 잡아 일으켜주신 것에 감사드립니다. 제가 그동안 연애를 적게 해본 것은 아니지만, 선생님이 제 '남자 친구'들 중 단연 최고세요. 상처를 주면 주었지, 낫게 해준 남자 친구는 처음이랍니다. 이제야 일본 소설 《바람이 분다》의 한 구절을 실감합니다.

　　바람이 분다, 살아야겠다.

　참으로, 제 글쓰기에서 처음 겪는 따뜻하고도 달콤한 경험이었습니다. 강준만 교수님께 꼭 감사를 드려야 할 것 같아요. 그분이 몇 년 전 제 졸저에 호의적인 평을 써주시지 않았더라면, 선생님께서 저를 만나보고 싶은 마음이 안 드셨을 테니 말이에요. 세상은 신기하게 이어집니다.

　네 계절 동안 나눈 서른두 통의 편지. 우연히도 제 나이와 같은 수의 편지가 오고갔군요. 우연일까요, 우연한 구원일까요. 우연이든 구원이든 계속 이어져나가도록 앞으로도 걷겠습니다. 또박또박….

　감사와 사랑의 마음을 보내며….

끝이 없는 추신

현.진.에.게

미술, 음악, 소설 혹은 학문적인 저술 등 어떤 것이건 완벽하게 끝마
무리가 된 것은 없지 않은가 생각합니다. 시간에 쫓긴다든가 다른 일
을 해야 한다든가 돈이 없다든가 여러 가지 사정 때문에 일단 손을 접
는 것뿐이지 문자 그대로 완성품이란 없는 것이라고 여깁니다. 그래서
편리하게 '후기' 혹은 '추신'이 있지 않은가 합니다. 혹은 다른 사람들
에게 차마 말하기 어려운 일들이, 하기 싫은 말들이 있을 수도 있지요.

그런데도 하지 않으면 안 될 경우도 있습니다. 이런 때에도 '추신'이 그 역할을 하기도 합니다. 그래서 어떤 분들은 정말로 하고 싶은 말은 본문보다 추신에 담겨 있다고도 말하더군요. 어쩌면 저도 현진과 글을 주고받으면서 미처 다하지 못한 이야기들이 있는지도 모르겠습니다.

"바람이 분다. 살아야겠다." 마음에 꼭 드는 말입니다. 이것도 물론 끝이 아닙니다. 새로운 시작이 아니면 그 후기, 추신이 따르겠지요. 글을 주고받은 것이 도움이 되었다는 말을 들으면서 조금 당황한 느낌도 있습니다.

처음 현진이 글을 주고받자고 제안했을 때는 물론 그것이 책이 될 것이라는 생각도 하지 못했고 현진에게 도움이 되리라는 기대도 하지 않았습니다. 그런데 어려웠던 상황에서 저와 글을 주고받은 것이 현진에게 큰 힘이 되었다는 글을 보면서 저를 다시 돌아보게 됩니다. 현진에게 밀려서(?) 신통치 않은 답을 쓰면서 어쩌면 저도 현진 못지않게 힘을 얻었는지 모릅니다. 오래전 제 논문을 지도해주시던 교수님이 저에게 이런 말씀을 하셨어요. 어려운 일을 당해서 괴로울 때에, 경우는 다를지라도 세상의 거의 모든 사람들이 자신과 마찬가지로 어려움을 겪고 있다는 것을 알게 되면 조금이라도 위로가 될 것이라고….

저 역시 현진의 어려운 사정에 말뿐일지라도 깊숙이 간여하면서 많은 도움을 받았어요. 그 과정이 일방통행만은 아니었다는 것을 말씀드리고 싶습니다. 어쩌면 이런 것이 사람 사회의 기본적인 진실이 아닌가 생각합니다.

　추신에서 보태고 싶었던 이야기가 많이 있었어요. 그중 한 가지가 스스로 가정을 꾸리고 아이를 낳아 기르는 경험입니다. 저는 솔직히 그런 경험이 없었더라면 형편없는 사람으로 일생을 살았을 것 같아요. 지금도 사람들의 훌륭함이나 고상하고 아름다운 것보다 일상적인, 오히려 추루한 것에 애착이 가는 것은 그나마 가정을 갖고 아이를 안아 키워본 덕이라고 여깁니다. 깊은 잠을 자고 있는 사람, 음식을 맛있게 먹고 있는 사람, 사랑을 나누고 있는 사람들을 보면 가까이 가서 머리라도 쓰다듬어주고 싶답니다. 그렇지만 정말 훌륭한 사람들은 저같이 세속의 경험을 하지 않고도 자기와 인연이 없는 주변을 사랑하며 살기도 하지요. 여하간 제가 이야기하고 싶었던 것은 아이를 낳아 기르는 평범한 경험에서 사람 사회를 지탱해주는, 거창하게 표현하자면 문명을 일궈가는 근본을 깨닫는 것이었어요. 그런데 요즘 저출산 문제에 대한 논의를 보면 주로 경제적인 면만 드러내는 것 같아 아쉬운 마음입니다.

　지난 세기의 이야기지만 경제학자 케인스가 이런 말을 했습니다. "오래지 않아 경제 문제란 당연히 부차적인 위치로 돌아가고 우리들의 지성이나 감성은 사람다운 본연의 문제, 창조적인 인간관계나 행태 또는 종교 같은 것에 몰두하게 될 것이다."

그런데 세상이 케인스의 말같이 되려면 아직 한참 더 있어야 할 것 같습니다. 세상은 여전히 사람으로서 추구하는 가치의 문제보다 경제 규모의 성장과 분배 문제에 몰두해 있는 것 같아요. 현진과 대화하면서 우리 모두가 이 문제에 갇혀 있는 것 같았어요. 앞으로 모두의 큰 과제 는 우리가 어떻게 경제적인 문제를 "부차적인 위치"로 돌려보낼 수 있 을까 하는 것이 되어야 하지 않을까요.

그렇지만 제가 몇 차례 언급한 것같이 저는 현재 그리고 앞날에 관해 서도 낙관할 여지가 있다고 여깁니다. 작은 예를 들게요. 최근 외국 여행 중에 현지 교포 사회의 지도자 분들과 대화를 나눌 기회가 있었어요. 이 분들은 대부분 본국 사정에 정통해 있고 몇 가지 문제에 관해서는 매우 비판적이었습니다. 그 비판들은 모두 모국에 관한 깊은 관심에서 나온 것이었고 대부분 올바른 지적이었습니다. 그런 비판들의 참뜻을 그대로 받아들이면서 저는 다른 면을 말씀드렸어요. 첫째는 한국이 수천 년의 역사를 통해 처음으로 사형 집행을 하지 않는 나라가 되었다는 것, 둘째 로는 역시 수천 년간 약자의 위치에 있어왔던 여성들이 특히 사회에서 힘 있는 사람들, 교수, 정치인, 기업인, 관리 등을 상대로 성적인 희롱과 관련된 고발을 한다는 것이었어요. 나는 한강의 기적이나 올림픽 경기 에서 거둬들이는 금메달보다 이런 사실들이 더 자랑스럽다고 이야기했습니다. 어떻습니까? 주변에 온갖 한심하고 마음에 들지 않는 일들이 있지만 그래도 세상을 희망으로 대할 수 있지 않겠습니까?

반면 마음 아픈 일들도 많이 있습니다. 최근 보도를 보면 우리나라 아동의 만족도가 OECD 30개국 중 최하위이고 바로 위인 루마니아보다 무려 10포인트 정도 아래라더군요. 우리나라 사람들이 성취욕이 매우 강해서 아마 높은 자살율도 이와 연관된 면이 있지 않은가 싶습니다. 이 성취욕의 다른 부정적인 영향이 이른바 '독친'이라 부르는 현상으로 나타나는 것 같습니다. 부모의 잘못된 성취욕 때문에 자신의 삶을 살지 못하고 외적인 목표에 내몰리는 아동들을 생각하면 마음이 아픕니다. 언제쯤이라야 우리가 모든 면에서 조금 더 성숙할까, 그래서 매사 의욕 과잉의 감옥에서 벗어나 아름답고 보람 있는 가치를 추구하게 될까요.

끝으로 무례하지 않은 질문입니다. 어떻게 그런 사실까지 알아내셨는지 몰라도 선거에 나가려다 공천을 받지 못하고 포기한 일이 있습니다. 저보다 저를 지지해준 분들의 실망이 컸지만 그래도 좋은 경험이었어요. 그때의 경험을 "공천에 떨어지고"라는 제목으로 정리해 신문 고정 칼럼에 쓴 일도 있습니다.

한때 제가 몸담았던 당에서 저에게 강력하게 출마를 권유했습니다. 저는 어쩔 수 없이 당에 몸을 담았던 데다 별 내키지 않은 일이었고, 특히 지역구에 출마하는 것은 여러 가지로 제가 할 수 있는 일이 아니라고 여겼어요. 결국 공천을 다른 분에게 양보하고 출마하지 않았는데, 이 일로 다른 분들의 실망이 컸다는 말을 들었습니다. 그다음 선거에서는 여러 분들의 권유도 있고 해서 출마를 결심하고 지역구를 뛰어다녔지요. 그 과정에서 정말 많은 것을 깨달았습니다. 가장 중요한 것은 실제로 살아 있는 사람들을 만나는 것이었어요. 지식인들 혹은 관리들의 머릿속에 여러 가지 개념으로 있는 사람들이 아니라 매일 밥을 먹고 살아 숨 쉬는 사람들이었어요. 유럽의 대부분 나라에서 공적인 일에 높은 책임을 지고 일하는 사람들은 먼저 민선을 경험해봐야 하는데, 그 제도의 본래 뜻을 이해할 수 있었습니다.

한동안 열심히 사람들을 만나고 길에서 악수도 하며 지내고 있는데 연락이 왔습니다. 위에서 정치적인 이유로 다른 사람을 공천해야 하니 후보 사퇴 선언을 하라는 것이었습니다. 저는 크게 반대할 이유가 없었습니다. 어차피 국회에 진출하는 것에 큰 의욕이 있었던 것도 아니고, 선거 활동에도 조금 지쳐 있는 형편이었기 때문이지요. 그렇지만 당장 사퇴할 수 없었던 것은 이미 주변에 수많은 지지 집단이 모여 있었기 때문입니다. 그분들에게 납득할 이유도 없이 후보를 사퇴할 수는 없었습니다. 그래서 저는 당에서 공천하지 않으면 어차피 사퇴해야 하지 않겠는가, 그때가 되면 자연스럽게 출마를 접을 테니 미리 사퇴할 필요가 없다고 했습니다.

결국 공천에 떨어졌는데 주변 사람들은 무소속으로 출마해야 한다고 강력하게 권했습니다. 그러나 저는 공천 신청을 할 때 낙천이 되더라도 당의 공식 입후보자를 돕겠다는 서약을 했다는 점을 들어 끝내 무소속 입후보를 하지 않았습니다. 한국에서 그런 서약은 의미 없다는 주장들도 있었지만 저는 끝내 생각을 굽히지 않았습니다. 그후 국정원장의 외교 담당 특별 보좌관이 되었다가 영국 대사로 가게 되었습니다. 선거에 나가는 것이 국회 진출로 이어져야 하는 것이라면 저의 낙천은 실패의 경험입니다. 그러나 평소에 접촉이 없던 사람들과 접촉하고, 평소에 별 관심이 없던 지역 문제들에 관심을 기울여 생각해보는 기회를 가졌다는 면에서는 실패라고 생각하지 않았습니다. 실제로 선거운동을 정리하고 떠나면서 매우 홀가분한 심경이었어요.

까뮈던가? 이런 말을 한 기억이 있습니다. "겸손한 것은 두 번 칭찬받으려 하는 것이나 같다." 저에 대해 늘 과분하게 평가해주시는 것 감사하면서 한편으로는 솔직히 조금 불안하게도 느낍니다. '들어가며'를 보면서 나는 현진이 생각하는 그런 사람도 아니고 현진에게 그렇게 큰 도움을 준 일도 없다는 생각이 들어 그런 글은 쓰지 말아달라고 말하고 싶었습니다. 그러나 생각을 고쳐먹었습니다. 중요한 것은 현진이 다시 일어나려는 강한 정신적인 힘이 있었다는 사실이고, 마침 그런 시간에 제가 곁에 있었다는 사실이고, 내가 어떤 사람인가는 큰 문제가 아니라고 생각했기 때문입니다.

'무봉 다리' 수영 선수로 알려진 긴세린 균의 어머님이 김군을 이런 말로 단련시켰다 합니다. "넘어졌을 때 누군가에게 손을 내밀어 도와 달라고 할 수 있는 용기가 중요하다." 반대로 누군가에 손을 내밀어 붙들어주는 것은 자기 자신을 붙들어 일으키는 것과 같습니다. 이것이 사람 사회의 가장 중요한 진리 중 하나가 아닌가 합니다.

가장 사소한 구원

1판 1쇄 펴냄 2015년 1월 10일
1판 7쇄 펴냄 2021년 12월 20일

지은이 라종일 김현진
펴낸이 안지미

펴낸곳 (주)알마
출판등록 2006년 6월 22일 제2013-000266호
주소 04056 서울시 마포구 신촌로4길 5-13, 3층
전화 02.324.3800 판매 02.324.7863 편집
전송 02.324.1144

전자우편 alma@almabook.com
페이스북 /almabooks
트위터 @alma_books
인스타그램 @alma_books

ISBN 979-11-85430-45-4 03810

알마는 아이쿱생협과 더불어 협동조합의 가치를 실천하는 출판사입니다.

종이 표지_매직콤마 220g/㎡ 본문_그린라이트 80g/㎡